后浪出版公司

伊斯坦布尔之刃

[阿根廷]豪尔赫·曾特纳 编 [西班牙]鲁本·佩耶赫罗 绘 庞琳 译

CNS 湖南美术出版社
全国百佳图书出版单位

3 SISTERS
DINER
MOTEL

Coca-Cola
CAFE
BOOTH
SERVICE

序 言

我第一次看到曾特纳和佩耶赫罗的漫画《迪特尔·隆本》，是在美国的漫画杂志《王牌》上，这本杂志由顶点出版社和日蚀国际出版公司出版，专门刊载欧洲漫画。

那是在二十世纪八十年代末，我读到的那个故事题目叫作《伊斯坦布尔之刃》，是一篇黑白漫画。我立刻就被它所俘虏。看到佩耶赫罗对黑白平衡的理解方式，我仿佛在他身上看到了我的知音。当我开始阅读迪特尔·隆本的故事时，我发现，佩耶赫罗的绘画结合曾特纳的脚本，由他们创造的怪异、冒险、浪漫的混合物以及一种具有诱惑力的情景意识，无不使我着迷。像这样的作品我以前从未读到过。

那时，我正在为拓展事业和完善我的个体价值观而奋斗。在美国很难找到其他国家的漫画，《重金属》杂志可以说是最具影响力的了，通过它刊载的内容，我虽然认识了许多才华横溢的作者，但是其中大部分并不符合我的偏好，所以，当我看到佩耶赫罗的画作所表现出的平衡和整洁时，我感到十分惊讶。随着时间的推移，《重金属》杂志刊登了越来越多的故事，我也得以见证两位作者的才华契合得有多么完美。

迷人的东西很多，虽然它们都能轻易地捕获你，但我认为这一种是独一无二的，它既微小又哀伤。不同的地方，不同的女人，不同的危险，每一个故事的元素都是独特的，尽管如此，它们都有一个清晰的共同印记：迪特尔。

我羡慕每一位即将对他的作品进行探索的读者。

蒂姆·赛尔

于美国华盛顿州西雅图市

目　录

PENG!
砰!
TUZ BIBER SIRKE
SIYAH SARAP
BANG!
砰!
BANG!
砰!
ZEYTIN YAĞI
1/1

我至今还记得贝尔塔夫人雇我给她开劳斯莱斯时我有多么开心。
砰!
PENG!

伊斯坦布尔之刃

这正是我梦寐以求的那种工作——平静、舒适又安全。载着温柔的贝尔塔夫人去逛慕尼黑的甜品店，当时我觉得没有比这更安稳的工作了。不过我可太天真了。
1/2

很好，我觉得我甩掉那家伙了。
砰！
¡BANG!
砰！
迪特尔，我的孩子，再不快点，半个伊斯坦布尔的人都要来抓我们了。
温柔、可靠又让人捉摸不透的贝尔塔夫人……

WRRMMMM
嗡当
迪特尔，别停车，一直开到托卡比皇宫博物馆为止。我想我们得找馆长先生帮忙了。
能与您见面是我无上的光荣，贝尔塔夫人。敝馆将永远感谢您已故的丈夫弗吕林教授，感谢他在1905年的慷慨捐赠。
馆长先生，说实话，我倒希望贵博物馆也能永远保管那把宝石镶嵌的匕首，它也是那批古董的一部分。
啊……我懂了。您指的是多年前被盗的那件精美绝伦的藏品。可惜警方没能追回它。
所以您认为我为什么来这儿？我得知这把匕首还在伊斯坦布尔，来这儿正是为了把它从贼人手里夺回来。
对我而言，这把匕首的价值在于它所包含的情感。弗吕林……弗吕林教授把我们恋爱时我送他的一块宝石浮雕藏在了刀柄上。
显然，贝尔塔夫人骨子里是个浪漫又多愁善感的老太太。
1/4

简直浪漫到扒了我一层皮。可我只是给她开劳斯莱斯的司机而已啊！
请允许我打断一下，贝尔塔夫人，我认为馆长先生说得有道理。咱们得走了，离开伊斯坦布尔，让警察来解决……
不行不行！想都别想！说不定哪个警察就是抢走匕首的那帮疯子的同伙呢。
迪特尔，而且你不是说你当时都拿到那把匕首了，只是在逃走的时候不得不扔掉它么？
正是这样，贝尔塔夫人。最后一刻我把它交给了我那个……女性朋友。这您都知道的。但是再去那儿一次简直是疯了！
如果她是你的朋友，就像你说的那样，那她就不会轻易地让人把匕首抢走。你得去把它找回来。
虽然我们费了那么大的力气，但我看你还是想弃我于不顾……
……还想剥夺我的青春回忆……唉……对我来说那是多么珍贵的回忆啊……
我知道……它对你来说一文不值……但是我想过……

太棒了，简直完美。我甚至得说，你穿这身比穿司机制服的时候帅多了。
您真这么觉得？
只要您不张嘴，您就像个真正的土耳其人。
要是有人知道如何能对老妇人的眼泪视而不见……不说了，现在说什么都晚了。
RADYO
ARSLAN
LOKANTA
YUSUF

那天早上帮我逃走的朋友跳舞跳得非常棒。从艺术的角度出发，我……
……我希望她的演出能永远不结束……
但我的求生本能告诉我，舞蹈表演越早结束，我在伊斯坦布尔就越安全。

不行，家里不行。我觉得那样一点都不安全，所以我把它给我叔叔了，他是个古董商人。
你不用担心，我叔叔绝对可靠。
ICÔNES
KILIM
……似乎一切都很安静。
YUSUF AKGUN
叮当
CLIN-
叮当
CLINC
叮当
CLINC
叮当
CLINC

他应该在店铺后面的房间。马上就过来了。
真该死！我就说这儿安静得不正常！
可怜的老头！
慢点，慢点……让我看看他们下了什么毒手。我也不知道我干吗要对他说话，他都听不懂我的语言。
迪特尔！
¡TUMP!
嗵！

¡CRASH!
哗啦！
那把匕首！
呃啊啊啊!!
我们拿到它了，迪特尔！我们拿到匕首了！
贝尔塔夫人那该死的青春回忆要了我一只胳膊……
别犹豫，你要付出的代价可远远不止一只胳膊。
¡BANG!
砰！

好了，匕首终于拿回来了。我就知道没那么难。
迪特尔，既然任务完成了，我可以跟你说实话了，这小胡子一点都不适合你。
在我们拆卸刀柄找那块宝石浮雕的时候，我跟我的朋友介绍了一下贝尔塔夫人，她其实一向这么出人意料、和蔼可亲、多愁善感、可怕又可爱，而且还……
啊……我太激动了……要是弗吕林教授还活着，他该有多高兴啊！

我当然知道你很不高兴，还是手握方向盘更有意思。
您想说什么都行，但是我觉得代价太大了。死了两个，伤了好几个，我的一只胳膊也折了，还被追捕，无数的危险……而所有这些都只是为了您对往事的怀恋、您的回忆、还有您的浪漫。
要是我们能留下那把匕首，起码它还值一大笔钱。但是我们什么都没得到，什么都没有！
我正好想跟你说这个。你看看我的手提包里有什么。
可……可是，您不是把它给托卡比皇宫博物馆的馆长了么？
我当然给他了，可我给他的是赝品。以防万一，我把赝品也带来了，因为我敢肯定早晚有一天它还是会被偷走的。
……而且我觉得你一定很乐意收下这件礼物，作为你伊斯坦布尔之旅的纪念。

在雅典，我轻而易举地找到了一个买家。卖掉贝尔塔夫人送我的匕首以后，我一夜暴富了。

赌博游戏

就像所有的富人一样，我随便选了一个海岛就去度假了。这个岛很小，不过也足够容下整个爱琴海地区最狡猾的老千了。

这地方是赌徒快速挥霍钱财的天堂。
好了………老兄，看来我山穷水尽了，身上一个镚子儿都没有了。
当然了，隆本先生，您永远都有最后一次下注的机会。
那恐怕不是这次了，基里亚斯先生。
我都输光了，一分钱都没有了。
TABEPNA
ΔΗΜΗΤΡ. ΖΟΥΒΓΙΑΣ
我知道您没钱了，不过您身上应该还有值钱的东西吧。当然了，也可以拿它来下注。
您指的是什么？
就是您啊，隆本先生，您还可以赌您自己啊。要是这次您赢了，之前输的钱就一笔勾销。
您要是输了，那……一周之内您就得归我支配。
2/2

我……我复述一遍，看我说得对不对：虽然不大可能，但如果我输了，您就是我的主人了。然后呢？
那当然是我让您干什么您得就干什么了。
要是换了别人在这种情况下可能就退缩了。可是偏偏遇到这事的是我。
简而言之，事情是这样的：我答应了，赌了，结果也毫不意外。总而言之就是，基里亚斯赢得了我的使用权。
……那个人叫西罗·坎扎里斯。当然了，隆本先生您不认识他。但是我认识他，并且想除掉他。
您现在属于我了，所以您必须去杀了坎扎里斯，明白了么？

显而易见，厄运对待我是多么残酷。赌债让我从快乐的有钱人沦落到要替别人杀人。不过想着可怜的西罗·坎扎里斯要比我更倒霉，我感到一丝安慰。
您知道的，就在船停靠的第一个港口。您可别想着逃走，隆本先生。当然了，我找到您也不费劲。
基里亚斯先生，我绝不会欠债不还的，即使还这债令我感到恶心。
POT 嘭 POT 嘭 POT 嘭
POT 嘭 POT 嘭 POT 嘭 POT 嘭
喀嚓嚓！
BRRAAUUM

POT 嘭 POT 嘭 POT 嘭 POT 嘭
是的，我们快到了。在这样的风暴中，进港航道非常危险，不过……
……我们的舵手很可靠，不用害怕。
没错——但是。
咔嚓！
CRAK!
在狂风暴雨令人毛骨悚然的怒号中，我都没来得及诅咒基里亚斯、诅咒希腊、诅咒那些该死的骰子，就连呛了好几口水。
2/5

救命！救命！
康斯坦丁诺斯！我的儿子！你还好么？你站到一边去。
我没事，父亲，我没事，只是有点累。
醒了醒了……他呛了不少水。
坎扎里斯！……

这种意外就是一连串的阴谋。为了偿还赌债，我变成了杀手，而我现在不得不杀掉的人，他的儿子却救了我的命。
有时结果就是如此的令人进退两难，欠债还钱天经地义。有的人称之为信誉。而我知道这世上有种东西叫作镜子，我只希望以后再照镜子时我能无愧于心。
不过现在还是别想着刚才的意外了。咱们再喝点松香葡萄酒。
……干杯！
我差点就和他碰杯了，但这这么做让我感到很羞愧。
您穿康斯坦丁诺斯的衣服正合适。

赌博，输了，还债。
活着，喝酒，忘了。
荣耀，杀人，死了。
赌债，不幸，喝酒。
喝酒，喝酒，喝酒……
……岛上没人带左轮手枪，没人会带。人们干吗要带手枪？隆本先生，您带着它干什么？
带左轮手枪？啊……是啊……是左轮手枪。是赌博用的，输了就用它还债……砰！砰！然后债就还清了。
用……用左轮手枪赌博？砰！砰！……俄罗斯轮盘赌？
俄罗斯轮盘赌……？您刚才说俄罗斯轮盘赌……？
是的，机会来了。机会就藏在这几句话里面，给我带来了一线希望。

咱们先干杯
叮!
¡CLING!
为您的健康干杯!
为您的健康干杯!
咔嗒!
砰!
2/9

我的厄运真的结束了么？还是说这只是偶然的过错？在我的好朋友坎扎里斯的遗体前，我发誓要把它查清楚。
POT 嘭
POT 嘭
POT 嘭
欢迎回来，隆本先生。我听说您完成任务了。当然了，我要向您表示祝贺。咱们玩一盘？
当然了，基里亚斯先生。不过这次咱们换一种玩法。
2/10

我厌倦了投骰子和俄罗斯轮盘赌，也厌倦了作弊和赌债。我作为船员登上了一艘从比雷埃夫斯出港的货船。这艘船的第一个中途停靠站是海法港……

定时炸弹

我留在了海法港。一个叫布里吉特的姑娘没多费劲就让我觉得，还是陆地上的生活更快活。

她美好的肉体集中了所有近乎完美的特质：勇敢，毫无顾忌以及在这片阿拉伯人、犹太人和英国人混战的土地上挣一大笔钱的信念。
老地方。您交货，然后就能拿到剩下的钱。
希望橙子铺得足够多。
停

好了，走吧。
BRRMMMM
突突突
我觉得我应该来根烟。
是他们。往前走！
RATATA-TA-TA
哒哒哒哒哒！

布里吉特提醒过我，做这种生意有一定的危险。但现实比我估算的要可怕得多。
冷静，小伙子们，冷静。我们这儿只有橙子。
橙子下面是几箱子给阿拉伯人的枪。这种花招我们都知道。
你们快上吉普车，别想耍滑头。快点！
犹太人的指挥官说，到不了今天晚上他们就能决定怎么收拾我们了。在那之前我们都被关在营地的两顶帐篷里。
3/4

计划进行得很顺利。我估计这会儿他已经在试着挣脱绳子了。
干得漂亮，马勒卡。这次行动会让那帮英国人长记性的。
其实我对迪特尔感到有点惋惜……
他不是个坏人，我甚至觉得他有点讨人喜欢了。
好了，“摇篮”准备好了，我们来看看“小宝贝儿”如何表现吧。

他们应该不会是在给我们准备一个愉快的欢迎晚会。我记得所有俘虏必须要做的一件事就是，想办法逃跑。
嗵！
¡TUMP!
我觉得我最好去搬点救兵……
非常好，迪特尔……非常好……就是那辆车……走……快点……
再来点响声，情景就更真实了。
PAW 砰
PAW 砰
砰！
PAW
3/6

¡PAW! ¡PAW!
¡PAW! ¡PAW!
AT-TA-TA-TA
哒哒哒哒哒！
砰砰砰砰砰砰！
¡PAW!
现在开始等着就行了。四十五分钟之内英国人的地区小分队就能到达，然后……“轰隆”！
我必须得通知你们的上校，事情非常紧急。
3/7

您估计他们的营地里有多少人？
时间到了，这会儿英国人应该被炸得满天飞了。
3/8

请您记住，一定要先救那个姑娘。
您不用担心。我知道如何处理这种事。
你必须得忘了他，马勒卡。为了我们民族的奋斗目标。
开火！
RAT TA TA TA TA TA TA TA
哒 哒 哒 哒 哒 哒 哒 哒

砰砰！
¡PAW!
哒哒哒哒！
轰隆！
哒哒哒哒！
布里吉特！
布里吉特！
快停下来！别开枪了！
那姑娘会死的！
布里吉特……可怜的
姑娘。这些狗娘养的
刽子手！
她是个好姑娘，我却没能把
她救出来，我的生活也不再
快活了……
3/10

布里吉特的死对我来说是个沉重的打击。我需要一个安宁的地方平复一下，于是我来到印度拜访儿时的好友——库尔茨。

大师之音

答案就在你的困惑之中，揭开答案你便知晓世间的平衡与你的容身之所。
众所周知，印度是个充满差异和矛盾的国家。库尔茨靠象牙生意成了百万富翁，却被荒谬可笑的东方神谕所迷惑。

首先，你要找到那座庙宇，待到你到达那里，沉默之石将为你开口。你出发吧。
可是，迪特尔，你是我的朋友啊，这件事对我来说非常非常重要，你必须得陪我去。
不去！想都别想！你就让我安静地在你家里待着，留一个仆人给我扇扇子。那就是我的容身之所了。
如果我找不到活着的真正意义，来到这世上还有什么价值，而且……

你说得对：东方是把我迷住了。但是我不后悔，正相反。我觉得，我正渐渐地……
……渐渐地走近活着的真正意义，渐渐地了解自己。
我清醒地知道我仍然像个欧洲人一样生活和思考。大师说欧洲人……
这些话都是来自我内心最深处。我希望你也能一起来，这样你就能顺便深入了解一下印度，了解它的玄妙之处和它的吸引力。

库尔茨没能说服我陪他踏上所谓的“找寻真实之路”……但我还是陪他了。
任何一个还念着童年友谊的人都能理解我为什么会陪他。
BRUMMM 咯嚓
BRUMMM 咯嚓
不能抱怨，迪特尔。咱们比坐火车的人舒服多了。
没过多久我就明白了：这条“找寻自我之路”不但充满了坎坷，还有无数的苍蝇和成千上万的艰难困苦。
4/4

就是这样！再加把劲！对对！对！
加油！加油！马上就拖出来了！
等你变成老爷爷的时候就可以给孙子们讲你骑大象的故事了，其实你干得挺不错的。
等我变成老爷爷的时候我还在拿毛巾擦身上的雨水呢，就因为这该死的大雨。
4/5

等你变成老爷爷的时候就可以给孙子们讲你骑大象的故事了，其实你干得挺不错的。
太倒霉了！我很喜欢那辆摩托车的。

没准儿明天库尔茨就能解释这个梦了。
……它朝我走过来，仿佛我们是以另外的化身认识对方的……非常奇妙……它还舔了我的脸……
嗯……我也做梦了……而且是很奇怪的梦……不过我忘了。
4/8

我之所以没有放弃这段艰苦乏味的旅行，完全是依靠库尔茨的信念和坚持。
最后连我也急着想找到“大师”所说的那座后宇了，按照“大师”的说法，我朋友应该能从那里发现“答案”。

迪特尔，兄弟，
你也能看见它吧？！
4/10

库尔茨，你背负着你的疑惑和你的答案，终于来到了这里。你仔细倾听这些石头的声音，它们就隐藏在你漫长旅行的表象之后。
大师！你在哪里？你的声音从哪里传来的？你怎么来到这里的？
我就在你心中，是你带我来到这里的，与你的疑惑和你的探求一起被带到这里的。因此你找到了这座庙宇。从今往后你不必再离家继续你的旅途了。
看起来是库尔茨疯了。他确实是在那儿自言自语，但……他真的是在自言自语么？……我突然有了这样的疑问，也正是在那时，我感到，神秘东方的未解之谜开始影响我了。

印度是个多面国家，在与我的朋友库尔茨一起旅行的过程中，我发现了它其中一副面孔，而且也许是它最激动人心也是最诱人的面孔。然而不久以后，这个国家又向我展示了它更令人震惊也更残酷的面孔。

肤色之争

库尔茨沉迷于冥想，把生意上的事都推给了我。这使得我有机会从各个方面了解印度，了解它的社会分化、它的种族偏见以及皇室的愚蠢狂妄和厚颜无耻。
5/1

……现在他们想要驱逐我们，仿佛忘记了正是我们英国人建设了这个国家。
……我是说，劣等民族向来不会心怀感激……
嗒哒
¡TAC!
特别是那些黝黑肤色的民族，他们一向都无法理解秩序和权威的概念。
要用强硬的手腕，非常强硬的手腕。这是我所知的唯一一种可以让所有人摆正位置的手段。
5/2

普雷斯顿先生，据我了解，最近几次游行都遭到了警察强硬的镇压。
JAI HIND
JAI HIND
还远远不够。他们说是非暴力抵抗，但我认为……

他们在秘密集会，策划颠覆国家的行动。他们恨我们，因为我们带来了进步。
JAI HIND
JAI HIND
NO BRITAINS
JAI HIND
该死的国家！这个时候开始下雨！
突然降临的一场大雨打断了普雷斯顿，这场雨拯救了我，就像是结束的铃声把筋疲力尽的拳击手从比赛中拯救出来一样，但可惜的是，之后发生的事情告诉我，这并不是最后一轮比赛。

穆哈尔，去找普雷斯
顿夫人，咱们走了。
5/5

隆本先生，我想您没准儿愿意加入我们布里奇公司。
普雷斯顿先生，咱们得停车了。前面有士兵。
真是受够了！简直忍无可忍！看来在自己的领土之内旅行我们甚至也要带武器自保了！
我想知道甘地先生是不是认为这种行为就叫作公民不服从、文明的反抗或者非暴力抵抗。

士兵们！
向右转！
普雷斯顿先生，前面好像是有人在游行示威。
继续开，继续开。不能让他们耽误了。

局势紧张，普雷斯顿这时候出现可能起不到缓解的作用。
我觉得咱们不能继续从这儿走了，普雷斯顿先生。倒车才是最明智的做法。
绝不倒车！这些闹事的休想阻止我从这里正常通过。
亲爱的，隆本先生说得有道理。这样可能很危险。
印度万岁
印度万岁
自由印度
印度万
都退后！退后！你们这些肮脏的猴子！快让开！
普雷斯顿，快回来！别干傻事！他们可有几百人啊！
5/8

装弹药！
印度万岁
印度万岁
印度万岁
拉里！住手！
退后！你们这些卑鄙的蛆虫！退后！
¡BANG!
¡BANG!
砰！
啊……
别！别！别！

小心！
穆哈尔！别！
我亲爱的孩子！穆哈尔！你说话啊！
我的孩子……穆哈尔！为什么……为什么……到底为什么……
被社会分化、种族偏见以及皇室的愚蠢狂妄和厚颜无耻所笼罩的印度……
5/10

没过多久我就明白了，帮库尔茨打理生意那一套根本不适合我。于是我把生意交给了一名管理人，踏上了去斯里兰卡的旅途。

反派角色

Rubén Zentner 85
人们曾经和我说起过那个国家，说它就像天堂一样。那里都是我不曾见过的景象，的确是这样的，直到我在阿悟喀纳遇到了那家伙，我敢保证我以前肯定在哪儿见过他。
6/1

我到底在哪儿见过这家伙呢？
不过……是同一个人么？
我不会看错的！他永远都扮演反派角色。

我性格腼腆，但好奇心能战胜一切。尽管这样显得有些冒失，我还是想跟他讨一张签名，但我没来得及。
¡BANG!
砰！砰！
¡BANG!
¡PENG!
砰！
¡PENG!
砰！
¡BANG!
砰！
砰！
¡BANG!
啪！
¡PAW!
啪！
¡PAW!
啪！
¡PAW!
啪！
啊！
好了……看来都结束了……

他死了。
的确如此，看来没法让他赔我一顶新帽子了。
可是……您的腿受伤了！
是的，但是腿可没法换一条。我需要去看医生。我想您应该会开车吧？
我感觉自己被卷进了一部电影里，而且是那种到最后你也分不清谁是好人谁是反派的电影，这感觉糟糕透顶了。
开枪的那个人是谁？您有头绪么？
您觉得呢……莫非您听说过有谁不认识自己的仇人？
这个……我也不知道……不管怎么说，这不是拍电影。那个人真的死了，而且……您的腿也……
看起来您也把我和那位演员弄混了。没事，这也不是第一次了……

的确，相似之处也只有这个家伙和电影演员的长相了。但在这里，子弹不是空包弹，血也不是番茄酱，倒下的人也不会在拍摄结束时笑着站起来了。
包扎好了。要是觉得疼，您就想想自己总算是逃过一死。虽然不能减轻疼痛，也算是一种安慰吧。
您太幽默了，医生，太幽默了。我什么时候能不用拄拐？
十天……也可能一周……只要他们不再尝试瞄准您的帽子，嘿嘿……
好了，这儿应该没我什么事了。再见。
请您等一下。我还有一桩生意得做。但现在腿伤了……我需要一个帮手。
这工作可真是雪中送炭啊。给一个面对枪林弹雨也面不改色的家伙打工！给一个不是电影里的反派却酷似反派的人开车！
6/5

不可能，您别再坚持了。出于“人道主义”，我把您带到您跟我说的地方，然后我还是要继续旅游的。
我恨冒险，今天，仅仅因为在您旁边观赏佛像，我就差点儿连命都没了。不管什么生意，只要有您参与其中，我都不感兴趣。
好吧，我知道您被今天发生的……意外吓坏了。但是我向您保证，以后不会再发生这样的事了。
我会给您丰厚的报酬，您还可以一边工作一边继续旅游。我只需要您开车就够了。
要是您担心法律上会有麻烦，您大可放心：**我就是法律。**
国际刑警！！！
这个人给我讲了一个有关宝石、警察和盗贼的复杂故事。我只听明白了一件事：如果我帮他，我就能得到其中百分之二十的宝石。于是我答应了他。

由于发生了那次“意外”，我的这位意外出现的雇主想在海岸上的某处休养一下。他说四天之后就能做完那桩在康提的“生意”。
佛牙节期间我们来到了康提，当地人正在为佛祖的牙舍利举行庆典。不过我们去那并不是出于宗教目的。
您最好能陪我去，迪特尔。我可能需要您的帮助。
我在这等您。我和您说过了，我不喜欢找麻烦。这是已经说好了的。
我不能再耽误时间了。如果您还想要您的百分之二十那就跟我来。

来！快点！
拿着。您可能用得上。
我手里攥着枪，而这个婊子养的把我攥在他手心里。我恨死他了，就像大家都恨电影里的反派一样。他看起来更像那个反派了。
集中精力，他们就在那个拐角等着咱们呢。
6/8

看起来各位都很守时，那咱们开始吧。
啊！
都不许动！谁动就打死谁！
放下宝石，不然我割断他的脖子。
快点决定，小伙子！我的朋友已经开始焦躁了，你老板应该不愿意这样吧。
6/9

该死！隆本！把宝石给他！还等什么呢！
一瞬间，那些老旧又熟悉的画面像走马灯一样闪进了我的脑海，我没有办法了。
如果就一次，我成了电影里的反派，会发生什么呢？
砰！
¡BANG!
砰！
¡BANG!
隆本！啊!!!
会得到百分之一百的报酬！
6/10

等我拿着宝石逃出斯里兰卡的时候，我已经变成了一个大富翁……但同时我也厌倦了浪迹天涯的生活。
这次绝对不去偏远的小岛了，我想。于是我决定在巴黎买一幢房子。

爱神之过

Zentner 86
房产中介很友好，而且毫无疑问，他非常专业，没费多少事就让我确信这一栋就是我所需要的房子，不仅如此，他还坚持“这个价格非常划算”。
7/1

……要不是因为那个愚蠢的传说，这房子能卖上两倍甚至三倍的价钱。
对了，如果您方便说的话，在买卖结束之前我想多了解一点相关的故事。
您是知道的……我们的社会……该怎么说呢……是很讲道德的。
有些事情是不受欢迎的。也许有道理吧，我不知道……比如说，乱伦。
热特吕德
1876-1900
他们是C伯爵家的继承人。热特吕德比她哥哥小一岁，他们两个人几乎从不走出这座宅子和这座花园。那是那个时代的事了……您明白的……
难道我们就能批评他们么？……据说她的美貌举世无双……您可以看看她在画里的样子。
在一些仆人的帮助下，他们的秘密不伦恋情好像持续很多年……而伯爵夫妇经常出门旅行……
7/2

故事很有趣，我很愿意听他讲这个故事。但我还是不明白为何这栋房子会贬值。
我还没听到故事的结尾。
她真美……
真美啊……
发生这段热恋的舞台有可能成为您的房子了，您不激动么？
是啊，当然了，不过……后来发生了什么？最后怎么样了？
故事最后自然是以悲剧收场的。他们的父母得知了此事……真相和爱情一般是不能共存的，先生。
哥哥被流放到太平洋上的殖民地。妹妹疯了，可怜的热特吕德……她无法忍受孤独和凄凉。
不过您刚才提到了传说二字，那些迷信的东西……
啊……是的，我给忘了……据说热特吕德的鬼魂就住在这座房子里。一直等着她哥哥回来，也就是说……等着她的爱人回来。
7/3

我一向不迷信，有没有那种传说都不影响我喜欢这栋房子。我没想太多就把它买下来了。
我得雇一个厨师，再雇一个园丁……墙上再挂上几幅画应该挺好看的。
干杯，热特吕德。
7/4

我沉沉地睡去了，热特吕德闯进了我的梦境，她可真醉人。
热特吕德……
迪特尔……
过来……
过来……

哈……哈……你追不上我……
热特吕德！热特吕德！
热特吕德！……你闻到煳味了没有？
老天啊！！！
7/6

咳咳！
咳咳咳！
我还是要说，我不迷信。但房子里只有我一个人，然后扶手椅就着火了！！！房子里真的只有我一个人么？
我发誓，我刚才听到音乐声了……
7/7

哎！！！
那边有人么？！
回答我！！！
哦！
我还要再说一次么？好的我再说一次：我从来都不迷信！但是这一切都太奇怪了！在这种情况下谁还能保持镇定、保持理智？！
7/8

那可是我的房子，我不打算让任何闯入者和我共处一室，也不打算被吓倒。
鬼魂是不存在的，但如果必须要面对它们的话，我也不会退缩。
我记得在恐怖故事里 鬼魂们都是藏在阁楼里的。我承认我是迈着颤抖的脚步朝阁楼走去的。
热特吕德！
7/9

哦！
我觉得这该死的房子快把我逼疯了。
7/10

想想我买它的时候
原本是为了在这儿
安静地生活！
哈 JA 哈 JA JA 哈 JA 哈 JA 哈 JA 哈 JA JA
哈 JA JA JA 哈
够了！够了！
JA JA 哈 JA
JA JA 哈 JA

我最后再重复一遍，我说的都是实话：我不迷信。但是我绝对不会再踏进这栋鬼屋半步了，这也是实话。
JA JA JA JA JA
终于走了！现在我能安安静静地等我的爱人回来了。
7/12

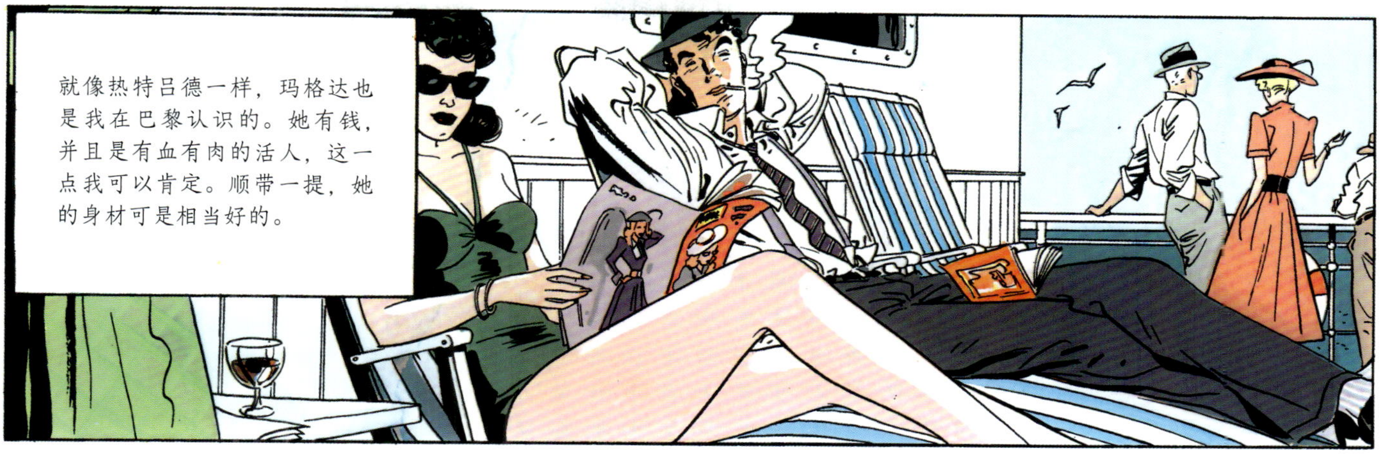
就像热特吕德一样，玛格达也是我在巴黎认识的。她有钱，并且是有血有肉的活人，这一点我可以肯定。顺带一提，她的身材可是相当好的。

大金牙

CASA UNIAO
FERRAGENS E LOUCAS UNIAO Lda
POT
POT
POT
玛格达的奶奶是本世纪初一位著名的歌剧演员，她不仅从奶奶那儿遗传了眼睛的颜色，还继承了一笔巨大的财富，而且也有着去马瑙斯旅行的奇思异想。这一次她邀请我陪她去马瑙斯，还承担了全部费用，弄得我没办法拒绝她。

玛格达想去了解马瑙斯这座亚马孙河地区的传奇城市，但这并不是一个百万富婆的任性妄为，我认为我应该解释一下事情的来龙去脉。
故事要从1907年讲起，那一年玛格达的奶奶在马瑙斯歌剧院登台演出。这次公演成为了她人生中的里程碑，但可想而知，这并不完全是因为她在舞台上所取得的成就。
保利诺，我要带你一起去巴黎。
总而言之：这是个关于爱情的故事，而且在当时确确实实是独一无二的……即使是在演艺圈……
不许再碰白皮肤的女人一下，你这只恶心的猴子！
在这种情况下，不用去歌剧院也能想到，奥赛罗永远是以悲剧收场。

玛格达的奶奶也会用金钱表达她对保利诺热烈的爱，她愿意为爱人倾尽所有。虽然从审美的角度来看，她为爱人所做的事让人不太容易接受，不过……的确能看出来她有多爱他……
牙科诊所
然而，保利诺却始终没能习惯欧洲的生活。他害怕日后再遭到袭击，所以逃回了自己的家乡。
这位歌剧女伶在她的一生中陆续经历了一场战争……一段婚姻……还有无数次的登台演出。然而她对爱人的回忆，却随着时间的脚步愈发深刻，永远无法抹除，一直传递到玛格达这一辈。
原始森林像是要吞噬掉这座城市，那条大河……
答应我，亲爱的玛格达，你要去马瑙斯找到保利诺。他有假牙……你知道的……找到他对你来说不会太困难……
太棒了！这雨下得和奶奶说的一样！
CASA
玛格达想住在她的奶奶曾经住过的房间，但是那家酒店已经不存在了。
在橡胶危机之后的马瑙斯，只有潮湿和炎热是永远不变的。

我们认为，追寻神话般的保利诺不仅仅是向玛格达的奶奶致敬，也是了解马瑙斯的一种有趣的途径。我们洗了个澡，稍作休整之后，就踏上了寻找保利诺的旅途。
对，对，我认识他。他名叫“大金牙”。
CASA DO OUVIDO
去那边的苏玛雷基尼奥酒吧，上那儿找毛罗先生，他知道在哪儿能找到“大金牙”。
我双脚肿胀，头痛欲裂，呼吸急促，满身大汗，嗓子冒烟。去他的了解马瑙斯的有趣途径吧！！保利诺在哪儿？大家都说毛罗先生知道……

"大金牙"……没错……我知道"大金牙"住在哪儿。不过……你们确定到他那儿去么？
那地方非常远，非常非常远。而且路上很危险……很恐怖……
几乎没人能去到那个地方。只有我从那儿回来了。
有时候我觉得所有的一切都不是真的……这是个愚蠢的幻想……其实我没去过那地方，也不认识"大金牙"……
……我也再没回到过马瑙斯。

我以为这个老头儿是想要我们，不过无所谓，他讲的这个故事这么令人费解，能帮我说服玛格达改变计划，让她和我去里约的海滩。
可是，迪特尔，这太神奇了！咱们应该请求毛罗先生带咱们去保利诺住的地方。现在可不能退缩啊！
那个毛罗先生看起来好像不愿意出门，我也不想去说服他……我想去里约，啊……里约啊……
毛罗先生现在看起来好像不愿意出门，我必须要说服他，让他陪我们去。我必须要说服他！
明天一早我就去查查去里约的第一班船是几点。
明天一早我就去找毛罗先生谈谈。
就是那儿了，小姐，在船里。毛罗先生就住在那儿。
玛格达！玛格达！等等我！等我一下！
那老头儿是个骗子……你等等！

是不是有一种学校专门教玛格达这样的人如何得到自己想要的东西？她竟然说服了毛罗先生。一周之后我们就已经来到亚马孙腹地，在寻找“大金牙”的路上了。
POT POT POT
您觉得咱们有必要准备这么多武器吗？直到现在为止，一切都显得风平浪静。
用子弹就能打退的都是没什么危险的。
毛罗先生！毛罗先生！有土匪！！
啊！！迪特尔！
玛格达，你快躲到船舱里。
不，不……让她留在那儿别动。最好让土匪们看见她……他们冲着她来的。
POT 嘭 POT 嘭 POT 嘭

但是……
嗒 POT
嗒 POT
就是现在。
轰!
POT POT POT POT
毫无疑问，这次旅行比出门散步可差远了。天气炎热潮湿，危险接踵而至，路上的每一天都是一场无止境的噩梦。
8/8

8/9

就是那里了。
“大金牙”就
住在那儿。
希望他还在
那儿……
他还在。
保利诺！
保利诺！
保……
8/40

毛罗先生！很高兴再次见到您！
可是……这不可能！
他……他还是照片上的样子……可是都过去四十年了！
晚些时候，毛罗先生答应为我们讲述故事的结局，他的嗓音仿佛混合了夜晚的密林中传来的千百种声响。
有关“大金牙”的故事非常奇异和魔幻，保利诺在几颗金牙中发现了历史上引得无数人觊觎的珍宝：不老源泉。
人们也可以称之为奇迹，在这件事上，毫无疑问它是“爱情的奇迹”，因为它产生于爱情。
这副黄金打造的假牙并没有魔法……它象征着一段过去的热烈爱情，时光因这段爱情而停滞不前……
就像您今天的到访，玛格达小姐，象征着一段共同的回忆。
8/11

再见，
保利诺……
再见了……
我觉得我能理解他
为什么想要继续住
在这里了……
再见，玛格达……
再见了……
再见了……我的爱人
……如今我可以安安
静静地老去了……
¡PLOP!

共同的敌人

也许有一天我能讲出来我是如何、在哪儿以及何时认识朱塞佩·朱利亚尼指挥官的。不过现在我只能说，正是因为这位了不起的人，我才学会了从不同的角度看待人生。
© Rubén Zentner 86

如果要说得更确切一点，这个角度指的是朱利亚尼指挥官的热气球吊篮。当我给他做飞行助手的时候，是他教我从热“维苏威”气球吊篮的高度看待事物的。
1

迪特尔啊我的朋友，现在我们看到的景色就像阿尔戈英雄们看到的景色一样。他们的座右铭同样也指引着我们！
“不航行，毋宁死……”
对飞行的渴望，正象征着对自由的向往，这也许是人类最古老的愿望……女士们，先生们，仅需几个法郎……
……诸位即可在突尼斯乘风飞翔，机不可失时不再来，“维苏威”热气球就像一只驯服的大鸟，带您掠过突尼斯的天空。
2

我们在突尼斯停留了十五天，一切都顺风顺水。天气晴好，景色优美，还有无数人排队等着“维苏威”带他们第一次实现飞行梦。
咯！CLIC！
唰！TCHAC！
叽！
!?
哦！
哐！TUMP！
啊！
3

……人们通常称之为前所未有的大案。只有“红手党”才能做得出来这种事。
红手党？
是的是的，人们通常把他们称为……恐怖分子。是一些专门袭击突尼斯国家主义者们的法国移民。
他们已经犯下了好几桩谋杀案和纵火案。我们用不了多久就能……就像人们通常说的那样……就能给他们铐上手铐了。据我们所知，有几个科西嘉人参与了作案。
叽！
可是……这几个恐怖分子要热气球是想干什么呢？
就像人们通常说的那样，这是个好问题。等我们想出好办法，案子就解决了。
我有个好主意！咱们在报纸上登一条启事，看看是不是有人曾经看到过我的“维苏威”……
再给提供线索的人一笔酬金。“维苏威”是个大家伙，没那么容易藏起来的……
朱塞佩·朱利亚尼指挥官的生活并不是一直脚踏实地的，我不仅仅是说他总想着飞行……我无数次想告诉他，他的想法太天真了，但我又要忍住，这太让我头疼了。
4

如果有人提供了有关“维苏威”气球下落的线索，作为回报，我将免费带他周游本国。小姐，麻烦您把这句也写进启事里。
这么说……您提到的气球……是会飞的那种？
是的，是的，他们飞着把气球偷走了。好像就是‘什么手党”的那帮恐怖分子。什么颜色的手来着，迪特尔？
红手，指挥官先生，是红手。
知道了……
确实是这样，迪特尔，不过没准儿有人看见过它，而且……
5

虽然我觉得朱利亚尼指挥官那个可笑的想法并不会有什么结果，但实际上人们读到了他刊登的启事，报酬的事不胫而走，这之后……
指挥官先生，我放弃了。这都过了四十天了，靠谱的消息没两个。我想我得出去伸伸筋骨了。
叽！
那一会儿见吧，迪特尔我的朋友，我再等一会儿。万一这几个人里有谁真的看见过我的“维苏威”热气球呢。
没错，我需要出去走一走，清醒一下。我没工作了，不过这跟朱利亚尼指挥官丢了热气球比简直不值一提。“维苏威”和他的命一样重要。我现在最希望的就是能帮助他找回热气球。
买茉莉花吗，先生？
没准儿我能帮您找到那个热气球，先生。
你也能找到？那你不去排队还等什么？
先生，我没见过那个热气球，但是我能帮您找到它。您跟我来。
6

不是开玩笑吧，嗯？我今天可没心情开玩笑。
RUE DU REGARD

这边儿走，先生。您过来。您什么都不用买。
这边儿走，先生……这边儿。
上来，先生，上来。马上就到了。
现在走这边儿。
到了。就是他想跟您谈谈。

感谢您能过来，隆本先生。希望您能尽早找到热气球，这对我们来说非常重要。
好吧，看起来您知道我的名字。您是谁？“我们”又是谁？找到热气球为什么重要？问题有点儿多，但是……
您别担心，我理解。至于我叫什么名字，其实并不重要。您就称呼我为突尼斯爱国者吧。
“我们”，指的是成千上万的男男女女，我们希望生活在一个独立的国家里，不受任何外国的统治和控制。
热气球的重要性在于：我们认为它落到了“红手党”的手里。而最大的可能性是，他们想用热气球制造恐怖事件。
总而言之，咱们有共同的敌人，隆本先生。
敌……敌人？我没有敌人。我只是想找回……
小心！
9

ANG！
砰！
BANG！
砰！
BANG！
砰！
BANG！
砰！
啊！
这一次只是吓吓您，隆本先生。
要是您继续插手这件事……
杀人犯！杀人犯！
冷静，孩子……冷静。
这帮家伙也知道我的名字……他们以为能吓到我么！！！很明显，在那个城市里，随便是谁想打我就打我，还能决定谁是我的敌人，还威胁我……这不是勇敢还是胆小的问题：我只是痛恨一切威胁到我人身安全的暴力行为。
10

没用的，茉莉。咱们
什么也不能为他做。
我认为是时候建议指
挥官先生忘记他的热
气球了。阿尔戈英雄
们的故事确实很有诗
意，但是……
叽！
哦，迪特尔！你回来得
正好！我得到“维苏威”
热气球的消息了！
叽！
11

等我出去的时候，那儿只有一笼子的鸽子。一个人都没有了。
“维苏威事件/跟着鸽子走”。留言上就写了这些……别的没说。
不管怎么说，现在已经很晚了。一会儿天就要黑了，不如咱们明天……
之后的几个钟头里，我用尽各种方法想分散朱利亚尼指挥官的注意力。他的确走神了，但恐怕他是一直在想“维苏威”热气球的事。
我承认连我也一直惦记着热气球的事，就连做梦都梦见它。
12

（图上的字：维苏威 维苏威 维苏威）

不出所料，指挥官先生坚持要按照那条诡异留言的指示行动。于是我们租了一辆车，以防鸽子飞到远离城市的地方。事实证明我们这么做是对的。
茉莉，你觉得鸽子要把咱们带到哪儿去？
西迪布萨义德，在海岸边。
14

就是这里！
它们在这儿！
TOC 咚 TOC 咚 TOC 咚
朱利亚尼指挥官，隆本先生，请进。莫巴顿上校马上就来。
又来一个，而且不光知道我的名字，还……
请原谅，先生们，不过……这位少年……
他是跟我来的。
15

朱利亚尼指挥官！您来了！寒舍蓬荜生辉啊！快请进……请进……
这么多年来我一直想结识您这位飞行英雄。
听了许许多多有关您的传奇故事，传奇得我都怀疑您是不是真的存在了。
不敢当……
请您相信我，我对于咱们要在这种……这种令人痛心的状况下认识对方表示非常遗憾。当然，我是指“维苏威”热气球失踪的事。
对了，一个偶然的机会我得知了您的热气球在……
抱歉打扰了，上校先生。
有电话找您。
16

请原谅，先生们，我去去就回。
一群信鸽……一个自称上校的英国人……还有这通不合时宜的电话……这一连串令人费解的事情和巧合让我疲惫不堪。我不禁感到自己就像一块漂在河面上的木头，任由河水冲来荡去。
确实如此，侦查员先生……他们已经在这儿了……我会告诉他们的……是的……我们应当相信……非常好……再见。
咔
CLAC
好了，先生们，就像我刚才说的那样，几乎可以确定现在“维苏威”热气球就在……
……内夫塔绿洲里
具体就在这片地区。
阿尔及利亚
利比亚
东部大沙漠
17

各位，我已经辞去了各种公职。可以说，我就是一个普通的……
加夫萨
托泽尔
内夫塔
……大英帝国臣民，只有这个头衔，呵呵，我永远不会辞去。的确我们有些同情突尼斯的独立斗争。
诸位知道的，虽然法国是我国的盟友，但谁都不得不承认，法国的势力可能在北非造成了一些……一些比较过分的影响。
但是我们并不想插手，不想以任何方式插手。没错，“红手党”的事的确让我们很头疼。这些人……
……很危险，很烦人。他们反对突尼斯人民的合法诉求，再比方说，他们还偷了朱利亚尼指挥官的热气球……
把事情推向了一个极端，甚至可以说“红手党”是咱们的……共同敌人。
这可真是可遇不可求：我们竟然和大英帝国也有共同的敌人！
依我看，想帮我们的人是不是多得有点儿蹊跷……
结果可怜的指挥官先生坚持要立刻马上就去沙漠！
我该怎么让他明白，其实这场斗争和我们根本没关系呢？
18

是的是的，我明白您的感受，指挥官先生，但是他们是在恐吓我们，不是开玩笑的。
我知道，迪特尔，我知道。我也在想，咱们是不是应该弄点儿武器带上。
武器？！！您竟然说带武器？！这也太疯狂了！逃跑才是我们应该做的啊，逃得越早越好，要逃得远远的！
我的“维苏威”热气球就这么丢了，就这样……完了？
您看……如果您想听实话的话……发生了这么多我已经受够了。
我觉得有人在跟踪咱们，隆本先生。
叽！
追上他们了！快准备好！
¡BANG!
砰！
¡BANG!
砰！
¡BANG!
砰！
19

¡BANG!
砰
¡BANG!
砰
迪特尔！！！
小心！！小心！！
!
可恶！
BEEEEEEE 咩
咩 咩
咩
¡TRUMP!
咕咚！
¡TRUMP! 咕咚！
¡TRUMP!
啊啊啊!!!
20

真主啊！
快点！隆本先生！再快点！
?
要是咱们能逃出去的话，指挥官先生……
抓到你了……抓到你了……
这次你逃不出我的手掌心了。
哐当！
CRASHHH!
21

太好了!!!
咱们得救了!!!
你干得太漂亮了，迪特尔。那个杀人犯再也没法找咱们的麻烦了。
说实话……我以前都不知道你开车开得这么棒。
好吧……我只是尽力而为。
你太过谦虚了，小伙子。你刚才充分诠释了什么是智勇双全，什么是冷……
隆本先生!!!
又来了!!!
CRASH
很明显，朱利亚尼指挥官话说得太早了，现在他都没时间后悔刚才那么着急地一个劲儿夸我驾驶技术高超了。
22

迪特尔，我猜没什么能让你回心转意了。
没错，指挥官先生。您相信我，我真的很抱歉，但是……
我决定了，我得走了。而且我觉得您也应该离开这儿。“红手党”的人肯定不会让您插手这件事，而且……
……下次他们就不会失手了。现在这个时候，继续找“维苏威”热气球就如同自杀一样。是我让您失望了，但是……
我不怪你，小伙子。你不用为这事担心。你还年轻，你有自由，以后的路还长着呢……而我……
……到我这个岁数……要是我没有为了找回我的热气球、为了飞上天空竭尽全力，我都不知道该怎么活下去了……
我和你一样，也爱生活、爱自由。但是站在我的立场上，忍让意味着自杀。
23

在这种情况下，任何委婉的说法都是毫无意义的：我表现得就像一条蛆虫。我很想帮助朱利亚尼指挥官，也知道他需要我，但是……恐惧就像是一道无边无际的隐形路障，如果没法跨越这道路障，我又能为他做什么呢？
他们在那儿。
没错，是他们。他们应该是遭遇了什么事故。
朱利亚尼指挥官……隆本先生……两位得跟我们走一趟了。高尔勒日长官想和二位谈谈。
?!
24

勇气？……支持？……背叛？……要终结良知的问题，什么都比不上法律。在法律面前，过错、自愿、自尊，等等这些……都轻轻地烟消云散了。
而在这件事情上，法律长着小胡子，它的名字就叫做“高尔勒日长官”。
……大家通常会说……这事发生得不是时候，把情况复杂化了。除了人员伤亡以外，这也是一个因素。朱利奥探员是……
……我们这里最有经验的调查员之一，由他来找“维苏威”热气球本不应该耽误这么久。
但在这之前他是不是已经调查出……
是的是的……差不多了。但现在这种状况，就等于……什么都没了……
朱利奥非常有经验。手里有很多资源。我不知道他通过什么渠道联系上了……
……被“红手党”雇来驾驶热气球的人。在突尼斯，这个人可能是热气球飞行领域唯一一个专家。
阿列克谢·亚历山德罗维奇·奥布朗斯基！！！
25

好吧，依我看，这件事上大家通常会说……您认识这个老头儿……指挥官先生……
当……当然了……我是说……显而易见啊……我们认识好多好多年了，而且……
……阿列克谢·亚历山德罗维奇·奥布朗斯基……我简直不敢相信。
奥布朗斯基和朱利奥探员是在谈话的时候被杀的，就在港口一带。
指挥官先生，您知道的，奥布朗斯基属于流亡巴黎的俄罗斯贵族。不久前来到突尼斯居住……太不幸了，顺便说……
可怜的阿列克谢·亚历山德罗维奇……他一直很缺钱来着。
当他得知“维苏威”热气球来到突尼斯时，他觉得他不可错过的发财机会来了。于是他策划了一个阴谋，并且提供给“红手党”。先生们，请坐请坐……
26

因此他们偷走了热气球并且把它藏了起来，以便日后利用它制造爆炸案，炸死在全国巡回演讲的独立运动领袖。
这么看来他们应该是把“维苏威”藏在了内夫塔绿洲一带。
没错没错……我们也得到了这个消息。但是那片绿洲非常大。去那里找热气球恐怕……人们通常会说……就像大海捞针。
正在这时，朱利奥探员去找奥布朗斯基，想从他那里买到确切的信息。我也不确定……可能就是这个奥布朗斯基，他想再捞一笔钱就把消息卖给了深员……不过我们永远也没法得知真相了。看来“红手党”的人……
……发现了他双面间谍两头骗钱的把戏，虽然没有他这个热气球飞行员就制造不了爆炸案，但“红手党”宁可这样也不想冒更大的风险。
高尔勒日知道，没有奥布朗斯基，“红手党”就没法制造爆炸案，因此对他而言，热气球的失踪已经无足轻重。但是对我们来说，情况就变得无比复杂。的确，我们现在没有敌人了，但是“维苏威”也不好找了。
迪特尔，我的好朋友，我有办法了！
他又来了。在报纸上再登一条启事……
你别以为我是打算在报纸上再登一条启事，没有的事。
幸亏不是登报！
咱们租一架飞机，从那个绿洲上飞过去。定位到“维苏威”之后，咱们把它的位置标记在地图上，然后再去把它捡回来。你觉得我的计划怎么样？
我觉得他还不如说他想登报呢……
TUNI
INDEP
27

28

朱利亚尼指挥官真是处处给人惊喜。他从没跟我提起过他当飞行员的经历，但他这次表现得就是一个飞行高手的样子。
他就差哪天让我见识到他轻轻松松一挥手就能让飞机起飞了。
那座城市应该就是凯鲁万了。
追上了。
指挥官指挥官！右边！
我没明白。他们想告诉咱们什么？
我觉得他们恐怕不是想告诉咱们轮胎扎了。
¡BANG! 砰
¡BANG! 砰
29

¡BANG! 砰
¡BANG! 砰
指挥官先生，保险起见咱们还是降落吧，在陆地上更容易脱险。
对，你说的有道理，尤其是在这种情况下。
如果是想杀了咱们根本没必要逼咱们降落……他们到底想干什么？
30

您可以把手放下来了，隆本先生。情况不同了，咱们现在不是敌人了。恰恰相反。
“恰恰相反”是什么意思？
这个嘛……我们需要矣利亚尼指挥官的帮助，由于现在已经没有热气球飞行员了……不如咱们做个交易。
他在暗示什么？难道想让我……
看来您都明白了，指挥官先生。这样事情就简单了，我们也省得解释了。
不可能！你们想都别想！我不会让你们用“维苏威”去实施恐怖袭击的！那是我的热气球……
我们很理解您，您有您的原则，指挥官先生。不过如昊您坚持要维护他们……那您的朋友——隆本先生，就要付出代价了。
婊子养的！
这帮该死的杀人凶手！讹诈我！把我们玩弄在掌心里！
¡TUMP!
31

哎哟！
啊！
Juban Zentner 86
怎么样，指挥官先生？您接受这笔交易么？
迪特尔，我的朋友，我很抱歉。请你相信我，做这样的决定我也很痛苦。我知道我要让你失望了，但是……但是我没有别的办法。
我会按照诸位吩咐的做。
很多年之后，在离突尼斯很远的一个地方，我咨询了一位专家，他给我的答案是否定的，他说这不可能，没人听得到自己如释重负的叹息声。我早应该想到的。
32

这就是内夫塔，
快到了。
我的“维苏威”！
咱们还要再飞一段
距离，这片地方没
法着陆。
33

很好。告诉他们按原定计划继续进行。
明白。
嘿，你过来！喝完水该出发了！
好了，绅士们，等待咱们的将是一场美好的散步。
34

从高空中看到他的热气球以后，朱利亚尼指挥官的情绪都改变了。他又一次变回了我熟识的那个男人：乐观主义，时刻竖着他敏锐的耳朵抓取自然界的关键信息。就像从一场噩梦中醒来一样。
迪特尔，我的好朋友，你知道么……咱们被四十多万棵棕榈树包围着。四十多万棵哪!!这太奇妙了!!
唯一的解决办法是在加贝斯进行补给。飞不了更远了，而且加贝斯有一个机场。
好吧。
35

迪特尔，这些水池是罗马人挖的，正是他们建立了内夫塔。
指挥官先生，您让我想起了那个俄国人。他也是仿佛什么都知道一样……虽然他最后聪明反被聪明误了。

到了，您的热气球就在那儿，指挥官先生。
真不容易！
现在你明白了吧：咱们不在机场降落，而是降落在沙滩上。
37

小东西，看来咱们是白来了。我认为他们不会回来了。
你不用害怕，明天，或者后天，一定会有渔民路过这里的。
你别哭，小伙子。你能做的都做了。咱们就等等看明天有没有消息吧。应该有人见过那几架飞机。
38

指挥官先生……
指挥官先生……
您睡着了么?
没呢，迪特尔，
我的好朋友。
我也睡不着。
指挥官先生……咱
们能不能试试……
不,迪特尔。没必要,
你别想了。
今天下午……您
做的决定，在凯
鲁万的时候……
那不难选择，
小伙子。
谢谢您。
39

高尔勒日长官！
高尔勒日长官！
嗵！
¡TOC!
嗵！
¡TOC!
嗵！
¡TOC!
高尔勒日长官！
有急事！
废物！偏偏这
时候来敲门！
发生
什么了？！
人们通常会说
……来得真不
是时候！
ZZZZZZZZZZZzz
让我看看，那个飞
行员在哪儿！？你
看看你这个时候来
打断……吵醒我的
美梦！
他不是飞行员，
长官。那个人
只是个机械师，
但是他们让他
开飞机。
飞行员……机械
师……这无所谓。
不过……那小孩儿
在这儿干什么？！
长官，我们发现他在您的办公
室里睡着了。我也不知道他怎
么溜进去的。他说他绝不会离
开这儿，而且……
40

好了。我们已经在地图上定位了。现在，咱们在内夫塔军事分遣队的跑道上降落。
那……我可以睡觉了么？
可以。
F-BAYK
?
ZZZZZZ
F-BAYK
AIR
41

我觉得我要晕过去了。哎哟，哎哟，再过一会儿我就晕过去了。
所以6点到6点15分之间咱们应该就能到总督府了。他们应该是聚在大厅里……
42

叽！叽！
43

怎么回事?!
发生什么了?!
放下武器!
你们被包围了!
¡BANG!
砰!
¡BANG!
砰!
砰!
¡BANG
¡BANG
砰!
¡BANG!
砰!
咱们快离开这，
指挥官先生!
¡CRAC!
咔嚓!
¡CRAC!
咔嚓!
咔嚓!
¡CRAC!
一眨眼的工夫，周围就变得如同地狱一般。有人说过，所有的征服都是从某种威胁中逃脱的人的杰作。我不记得谁说的了。
44

啊！
再快点，指挥官先生，再快点！
指挥官先生！
朱利亚尼……指挥官……哦……不！
迪特尔……我的好朋友……都结束了……“维……维苏威”……我的“维苏威”……
45

我的好朋友，朱塞佩·朱利亚尼指挥官，已经说不出话来了。他努力睁开眼，最后一次望着他最爱的热气球。我认为我看懂了那双眼睛所传递的信息，他那双无数次从云端之上俯瞰世界的眼睛。希望我没有想错。
咔嚓
咔嚓
没有，我认为我没有想错。
46

加勒比

*这段为小孩子的作业，有错别字。

卡西米拉给我小点心；卡西米拉给我牛奶；卡西米拉给我这个给我那个……好像我来这儿就是为了伺候这些没教养的小坏蛋一样！！！
那个英国人在画廊里差不多已经等了半个小时了。
啊……是格罗斯曼……我差点就忘了我们俩约好要见面的。不过他可不是英国人，卡西米拉，他是美国人。
美国人……英国人……以后我是不是还得记住电影里那些金发碧眼的都是哪儿来的！！！
格罗斯曼先生，我来了。今天我的课都讲完了。
阿尔瑙老师……希望我没打断您的课。我……觉得我比约定的时间早到了一会儿。
明天见，阿尔瑙老师！
明天见，阿尔瑙老师！
再见，再见。明天见……您找我有什么事，亲爱的格罗斯曼？电影进展得怎么样？
2

Joyeria Esmeralda
La Fuente
噢……那部电影啊！我不知道我们所做的配不配叫做“电影”。导演是个狂妄无知的家伙；演员们也是愚蠢至极；还有那个编剧……阿尔瑙老师，我该如何摆脱这一切？！
看，我从卡西米拉的盘子里拿了一个点心，打算送给安东尼奥爷爷家的大公鸡。
那你现在可以吃掉它了。那只鸡不爱吃甜的。
但是……如果有人拍这种电影就说明有观众看啊。我觉得制作人不会随便扔钱。
唉……观众啊！简直是千面幽灵！他们就像是藏在放映厅里的黑暗怪兽，得用故事才能喂饱他们。怎么可能猜中观众的偏好？
它不是不爱吃甜食。它不但爱吃而且非常爱吃。但它不吃，因为它知道甜食会让它丧失战斗力。
所以它忍住了吃甜食的欲望，这样还能使它更加暴躁，斗鸡的时候就会更有力量。
这只大公鸡一向争强好胜，因为等它老了，不再斗鸡的时候，它就能随便吃它想吃的甜食了。这是它自己赢来的。
3

有时候能捕很多鱼，有时候……什么都捕不到。钓鱼看运气，也看洋流在我们看不到的地方把鱼带到哪儿去。人类也是如此，从一个地方到另一个地方也是偶然的、随波逐流的。我的一个朋友——我称他为“中国脸”——他说：正是这样一种神秘力量把我带到了加勒比。
POT POT POT POT
TORTUGA
隆本先生，您钓的鱼多么？
一条都没钓到，今天不是钓剑鱼的好日子。
隆本先生从来都找不准钓鱼的好日子，你知道为什么么？
我当然知道了。因为隆本先生是钓鱼高手，剑鱼们都怕他。一看到他来……就都跑了，都吓跑了，哈哈哈……
可能“中国脸”说得有道理吧。他说得一向都很有道理。不过……这有什么关系呢？关键在于，不知不觉中，我在这儿找到了我一直寻找的东西。
4

你觉得去卡拉马里酒吧喝一杯怎么样？还有劲儿打一盘台球么？
隆本先生一来……剑鱼们就跑了……吓跑了！！！哈哈哈……吓跑了……哈哈……
安东尼奥爷爷，大公鸡还那么好斗么？
从没这么好斗过。
那就好。
5

我钓上来什么就吃什么，要是什么都没钓上来……那我也得活着。我的词典里没有“着急”二字。我还有很多很多朋友，而且最重要的一点是：我知道在加勒比……一切皆有可能。
嗵！
¡TOC!
嗵！
¡TOC!
嗵！
¡TOC!
?!
不好意思啊，迪特尔，我不是故意的。我刚才走神儿了，你……你接着玩，接着玩。
“中国脸”是这样的……他能做到别人做不到的事……你永远也猜不到他走神的时候在想什么……有时候他还莫名其妙地像疯了一样大笑。
6

你想说什么就说吧，伊格莱西亚斯，不过你可记住了，之后会证明我才是对的。我要是说这件宝贝存在，那绝对是因为它真的存在，而且我肯定能找到它。
我说的是：我和制作人谈谈，关于电影的事。然后咱们组织个探险队。你等着瞧吧，伊格莱西亚斯，等着瞧吧。
咱们去看看在那个……那个该死的鬼地方……能不能……喝点酒！没错，喝酒！
冷静点，亲爱的……这有酒给你喝……
肯定要出乱子。科西尼奥不会卖酒给这个外国佬的。
说起拍电影那些人……看看那个家伙。上周我就把他轰出去了，不过看起来他还不长教训。
我没事了！让我……让我安静会儿，我没……我没……没喝醉！咱们再喝一杯！
他是个很不错的电气工程师，明天第一时间就会出现在拍摄现场，就好像什么都没发生过一样，不过休息那几天对他一点好处都没有。
好吧……但愿罗西塔和玛丽亚能调教好他。她们俩都是好姑娘。
7

我要一杯……科西尼奥先生……这个……要一杯……
给我酒！
?!
滚出去！你和你的婊子们现在立刻马上从这儿滚出去！滚！
咱们走吧，亲爱的！走吧！
我早就知道……
躲开！放开我！
8

我要杀了你！
我要杀了你！
BANG!
CRASH!
呼……
就差一点！
你看，罗西塔……我觉得你们应该尽快把他带走。这次是运气好没打中，但是…
?
快走吧！你这该死的外国佬，我说咱们快走吧！
你看到了吧，伊格莱西亚斯，毫发无损，一点儿事都没有。你该相信我说的了吧，我是经过大风浪的。
好了，中国脸，该你了。
那个……你说什么？啊……对，该我了。
9

好莱坞的人来了之后，城里的节奏有些被打乱了。但我却没有受到他们的干扰，在这儿找到了我的平静生活。
10

噗 PJT
噗 PROT
噗
PROT
半个小时之后我要跟他们开个会，维尔汀小姐。
好的，奥尔纳克先生。
你等着瞧吧，伊格莱西亚斯。你看那架飞机，那就是制作人的飞机。从好莱坞飞过来的。一会儿咱们和他谈谈，就知道他会不会投资咱们的探险队了。
好了，先生们。先拍到这儿吧。咱们休息一下，休息……两个小时。要不……就三个小时吧……需要歇多久就歇多久吧。
导演
加勒比
CARIBBEAN
84 3
所以，多年以后，卡塔赫纳又一次被占领了。这次是被西班牙……
可恶！要是没出什么大事奥尔纳克不会迟到的。
FARMACIA
11

好了，小伙子们。我尽量长话短说。你们到现在为止拍的都是些垃圾。
可是……马克……你别说得这么……
全是垃圾，史蒂夫，你知道的。
对了，你眼睛怎么了？为什么戴着眼镜？
这个……你看……马克……这故事说来话长了，而且……
说来话长就别给我讲这个故事了，史蒂夫。你只需要记住，除了正在拍摄的故事，一个导演不能被其他任何事情干扰。
既然说到拍摄的事了，格罗斯曼，你在这部电影想讲的故事简直没头没尾，而且完全不像咱们在好莱坞说好了的那样。
你是有教养的人，格罗斯曼，所以你应该记得莎士比亚的那句名言：**“要戏剧，不要逸闻趣事！”**你还记得莎士比亚的呐喊么？
我不记得他什么时候写的这句话了，不过我记得我读到过。
非常好。现在你要记住这句话：莎士比亚在好莱坞永远也不会成功！
12

我知道你们两位都是专家大师、伟大的艺术家，要不是因为那几个该死的黑名单……
你们应该在拍真正的有水准的电影，在自己的作品上署名。不过现在境况如此，也不能怪我了。
呼……
我尽量帮你们，你们也得跟我合作。咱们尽全力把这个海盗电影拍到最好。好日子就要来了。
来酒店的路上我看见宗教裁判所了，是个很漂亮的建筑。格罗斯曼，你把它拍进电影的场景里，肯定好看。来吧！拿出干劲儿来！
但是……马克……宗教裁判所是1776年建的，而电影里的故事发生在它建成之前一百年啊。它不可能出现在电影里的。
HOTEL CARIBE
你说的话我一点都不爱听，格罗斯曼。你告诉我，谁是你的历史顾问？
哦……他是个了不起的人。正好我想跟你说说他的事情。阿尔瑙老师是个西班牙人，他……
解雇他！
维尔汀小姐，明天我们要出海钓鱼。准备好所有要用的东西。
好的，奥尔纳克先生。
13

这份工作可真不错，美国人用美元结账，“海龟号”的引擎正好需要修理。那天我们捕剑鱼之旅的队员构成也十分奇特。
维尔汀小姐在卡拉马里酒吧雇了我们。科西尼奥，也就是酒吧老板，立刻就得知了此事，他提出一个非常有趣的建议：如果我们带他一起去捕鱼，他就让我们在他店里免费喝一个月。虽然不是美金，但在加勒比地区，酒也称得上是稳定的流通货币了。于是我们成交了。
我觉得带科西尼奥一起来是个错误。他一直在不停地讲他那个尽人皆知的宝藏故事，弄得美国人都开始焦虑了。
科西尼奥可真够烦人的……剑鱼还不出现。
好了，好了。不管那艘该死的沉船到底存在不存在……这事咱们以后再说。我现在最想看到的是地图。谁能给我看看地图？
是啊……地图……当然了……我是有个地图。不过……我不知道能不能给您看。
这幅地图……这幅……这幅地图有点特殊。不是纸上有字有画的那种……怎么说呢……我就是那幅地图，是文在我身上的。
?!
天哪……现在我明白了。但是，不管怎么说，如果您想让我资助探险队，您就应该给我看看那幅地图。来吧，加油。您不相信我？
好吧……不是因为您，奥尔纳克先生。这儿有一位女士在场……而那幅地图文在一个……我不知道该怎么说……的地方。
您不用替维尔汀小姐担心了，科西尼奥。她可是从好莱坞过来的，什么都见过。
14

如果您坚持要看的话……
我的老天啊!!!
太神奇了!我是说……不得了啊!
哎呀……哎呀……哎呀……维尔汀小姐，您怎么想？您觉得是真的么？
呵呵……奥尔纳克先生……我……我不知道……看起来……像真的。
恐怕您没明白我的意思，维尔汀小姐。我是指地图的真假。
哦……您说的是地图！这个嘛……投资之前还是咨询一下寻宝……寻宝专家比较好吧。
您现在可以把地图收起来了，科西尼奥。我觉得我们看得够清楚了。
好……其实如果……怎么说呢……如果让我做做心理准备，还能看得更清楚一些。
我能想象得出来，科西尼奥，您不用费心了。我们好莱坞人向来以想象力丰富著称。
15

过了很久剑鱼才出现，不过这条剑鱼真是值得我们等待这么久。奥尔纳克先生拼尽全力和剑鱼僵持了整整七分钟，然后……他认输了。我接过鱼竿，又战斗了六个多小时，才终于耗死了这条大海怪。
海钓结束了，“中国脸”掉转船头向卡塔赫纳驶去。我感觉筋疲力尽，只想躺在吊床上连睡它二十个钟头。这时的我全然不知奥尔纳克先生正在给我准备一份“惊喜”，一份让我的困意飞到九霄云外的“惊喜”。
16

我现在相信了，隆本先生。我完全明白为什么奥尔纳克先生要见您。不过我现在什么都不能告诉您。
我懂了……维尔汀小姐。您知道的……您一定也知道您有一种独特的美……对么？
当然了。
HOTEL CARIBE
17

感谢您来到这里，隆本先生。我给您介绍一下现在正在拍摄的这部电影的导演和编剧。
我觉得我可能在卡拉马里酒吧见过您。
很有可能。我也记起您来了，您和阿尔瑙老师在一起……
您就是导演先生啊……要是早知道您就是导演，可能就不会下手那么重了。
恐怕是我自找的。忘了它吧，隆本先生。
导演先生和我……在一场斗鸡比赛中有过短暂的交流，奥尔纳克先生。
史蒂夫已经说了，隆本先生，都是过去的事了。现在我有件事想告诉您，希望您能注意听一下。这件事对您的未来而言非常重要。
今天我观察了您好几个小时，就是您和那条该死的大鱼战斗的时候。在这种事情上我的直觉一向很准，我确信……
……我可以把您，也就是隆本先生，打造成好莱坞巨星。
?!
18

不一会儿我就明白了为什么今天早上钓剑鱼的时候奥尔纳克表现得毫无战斗力了。他要把所有的能量都用在与人类的接触中。他就像一台邪恶的机器人，总是能击中每一个人的要害。
您可别告诉我您从来没梦想过拍电影，迪特尔老弟。您是一位健全的男人。声望、女人、金钱……所有人都梦想得到的东西。合同准备好了么，维尔汀小姐？
给您，奥尔纳克先生。
就从现在正在拍的电影开始吧。格罗斯曼写了一个非常合适的角色，而且能让故事整体更加完善。对不对，格罗斯曼？
工钱方面您不用担心。就算您捕到加勒比地区所有的剑鱼也赚不到那么多美金。这样的好机会，人的一生也只能遇到一次啊。
是的……那当然……我……其实……
隆本先生……请您在最后一页签个字。
ACTOR
DOCUMENT
ENT IS SUSCRIBED
ONCERNED PEOPLE
Dieter
迪特尔先生，在您离开之前，我想问您一个问题：您觉得科西尼奥讲的那个寻宝的故事怎么样？
哦……沉没的宝船……
奥尔纳克先生，这儿的所有人都知道科西尼奥有点疯疯癫癫的。不过……也没准儿宝藏是真实存在的。
谢谢您，迪特尔。别忘了，明天早上七点我们在片场等您。
19

如此好事像加勒比的暴风骤雨一般劈头盖脸地降临到我头上，弄得我有些迷茫，整个人被矛盾的感觉所笼罩。拍电影赚大钱的确很吸引我，但我又因为没能抵抗住奥尔纳克自负的气焰而自责。
这个美国人有一套他的关于“健全男人”的理论：要有无限的野心、对功成名就的渴望、对金钱的贪欲……我的态度恐怕不能改变他的想法。
我想起了那条剑鱼，它起码还有尊严地抵抗了一阵，让我感觉杀掉它并没有那么令人自豪。
我需要一边散步一边反省一下。疯狂的电影界和安稳的加勒比生活能够兼得吗？为了赚几个美金，我就应该放弃平静的生活、放弃加勒比的阳光和我的朋友们吗？“中国脸”会怎么想？我有太多太多的疑问了，却几乎没有时间去寻找答案，因为七点钟电影的拍摄就要开始了。
20

开拍!!!
加勒 CC
CAM
21

迪特尔·隆本
停！！！
先生们，非常感谢，咱们下一部电影再见了。
22

拍电影的过程中，我的生活仿佛是一场梦。最终还是像平常一样醒来了。做决定的时刻到来了：然而人到了该做决定的时候永远都没有足够的经验。
KALAMARI
维尔汀小姐！！！
维尔汀小姐……您看见奥尔纳克先生了么？您把我的话转告给他了么？……维尔汀小姐！
对不起，科西尼奥先生，我是来找隆本先生谈事情的。
可是……维尔汀小姐！这件事非常重要啊！我给您看了地图，而且……
下午好啊，隆本先生。我给您带来了新的合同。奥尔纳克先生明天早上返回好莱坞，在飞机上给您留了个座位。

那个……您看……其实我还没有决定。我……这个……我能不能先冷静地看一下合同再……
我很理解，给您合同。您可以考虑到明天早上八点。
你笑什么呢，伊格莱西亚斯，我不明白，我看不出哪儿好笑。这可是唯一的机会……你觉得还有第二个美国人出现么？
维尔汀小姐！您别走啊……维尔汀小姐！请您转告奥尔纳克先生，这件事非常重要……咱们得谈谈……
中国脸，你怎么想？这合同我签还是不签？我该不该去好莱坞？你说话啊！别总是不吱声！
我预感今天晚上将是非常漫长的一夜。
24

“中国脸”的预感一向都很准。那天晚上的确十分漫长。无边无垠，时间仿佛静止了一般。
咱们去大房子那兜一圈？还是在那儿你能慢慢地考虑这件事。
KALAMAR
我当然理解你了，亲爱的。你以为我没梦想过拍电影么？
不对，姑娘！三十除以六绝对不可能等于四，你看……
今晚也是非常有教育意义的一晚，当然我不是指露露夫人给我的建议，也不是指阿尔瑙老师的数学课。
25

走吧，咱们去看斗鸡。让你看看什么是踌躇即死亡，说不定对你有用。
26

最后，“中国脸”告诉我，他认识一个人，可以帮我走出迷茫，但是他没告诉我那个人的名字，只说那人住在罗萨里奥群岛的其中一个小岛上，距离卡塔赫纳两个小时的路程。于是我们出发去找他了。
POT POT POT POT
27

哎！迪特尔！
咱们到了！
你确定是这儿么？……这
地方感觉像沙漠一样。
你……不会是走错岛了吧？
你看……现在你没
话说了吧？
哦！！！
28

他……他不会在睡觉吧？现在已经很晚了……
那个人从来不在晚上睡觉。来吧，跟我走。
你说得有道理，他是不睡觉，他听音乐……
他总是在听音乐。
当我们走进那座房子的时候，音乐声停下来了。我听到了脚步声。一位侍者来迎接我们，他朝“中国脸”挥手打了声招呼，然后带着我们穿过了一段迷宫似的走廊。不用说，“中国脸”很喜欢这种神秘的东西。
29

你觉得怎么样，德尔菲诺？……“中国脸”来了！我还以为你已经忘记我这个糟老头子了呢。
您知道的，我不会忘记您的，我不常来是因为不想打扰您。
就是说在女人们和船之间……你时间很紧吧。进来，进来吧，给我介绍一下你的朋友。
这位是迪特尔·隆本。我斗胆带他来见您是为了……
什么都不用解释了，只要是你带来的，我都欢迎。行了你们别客气了，来坐这吧。
晚……晚上好。
“中国脸”，我觉得你的朋友好像对屋里的装饰感到有些惊讶……你就这样把他给带进来了，什么都没给他解释？
我觉得还是先不跟他说比较好。
30

可是……你连我是谁都没告诉他么？
我什么都没跟他说。
我知道了……那么……德尔菲诺，你给这个小伙子讲一下吧。不过你要长话短说！
1935年，圣胡安节那天的15点，一架福特31型飞机在哥伦比亚的麦德林机场与另一架飞机相撞起火。那天和那个机场正是……
……官方正式宣布的，44岁的“阿根廷的欧洲田鸫”，也就是卡洛斯·加德尔，去世的时间和地点。所有人都为这位前无古人的探戈歌王而痛哭。
这张就是加德尔最后的照片，拍摄于机舱内。
您看这里，这张是加德尔最广为流传的照片之一，正如出现在《下坡路》《探戈酒吧》以及其他一些著名电影里的一样。
整个世界都为之痛哭。有些人甚至因为无法忍受失去偶像的痛苦自杀了。
31

不过……加德尔的故事和这个……戴面具的胖子有什么关系呢？他不会是想告诉我……
然而，卡洛斯·加德尔没有死在麦德林。他差点就死了，但没死，那场大火……
好了，德尔菲诺，别讲故事了。咱们的好朋友隆本应该明白了，我变成这个样子，再也不能出现在公众面前了。
人们能想象亲爱的卡洛斯·加德尔变成这个样子了么？还不如让人们相信他已经死了。
虽然我知道在加勒比地区没什么是不可能的，但……即便如此，我也震惊得不知如何是好。我开始懂了为什么“中国脸”要带我来见这个人。或许应该称他为……这个幽灵，他曾功成名就，拥有万贯家财……这些都是奥尔纳克许诺给我的……令我无从选择。
32

喂，德尔菲诺，你别像个木头人一样呆站着，去给小伙子们弄点喝的。请您原谅，迪特尔，我觉得您看起来需要喝上一杯。
谢谢您，那我就来一杯。
我懂，我懂……您看我戴着这副面具，实际上……另一副面具更有吸引力……
……所有人都认识那一副面具，上面画的是永不消逝的微笑，用在电影院里、巴黎的夜总会里、还有给崇拜者们的照片里。
艺术家永远都戴着面具。有时候我又很感谢那场大火让我戴上这副面具，它不是任何人的脸，没有表情，因此也更加契合我……更加舒服。
当然了……也很让人印象深刻，不过这并不是问题。除了“中国脸”、阿尔瑙老师，几乎没人见过我……像我这样的人，隐藏着特殊的力量，也隐藏着无法言说的过去。
33

我曾有过许多朋友……
但是……您为什么选择了这个国家……这座小岛……孤独一人……
因为习惯，迪特尔，因为习惯。您别忘了我曾经是明星，是个偶像，即使我有很多朋友……偶像永远都是孤独的。而且……哪一个国家又有什么关系呢？
难道我能说我是阿根廷人……或者法国人、乌拉圭人抑或是哥伦比亚人吗？全世界的人都为我欢呼鼓掌，全世界的人都把我记在心里，为我而哭泣。然而我……
CARLOS GARDEL
ODEON
……我有家可回么？我的祖国就是我的歌声。
34

德尔菲诺打开了留声机，放上一张又一张的唱片。慷慨地给我们也给自己倒了酒。从那一张张老旧的塑料片中，和着探戈的节奏，传来了加德尔的歌声……哀怨的、激动人心的、永恒的歌声。
我们喝着酒谈着天，直到那副传奇般的面具下传出洪亮的鼾声。我们静悄悄地离开这座宅邸。漫漫长夜已是昨夜，在我心里踌躇的阴霾也已散去。
八点零二分，维尔汀小姐。咱们不能再等了。您告诉他咱们是八点出发了对吧？
是的，奥尔纳克先生。
你知道么，“中国脸”，唯一让我感到遗憾的是没能准时到达，当面拒绝奥尔纳克的提议。我本想和他说几件事的。
POT
POT
POT
POT
POT
这个可恶的美国人，靠着许诺让我发财成名，竟然让我发现了我内心里隐藏着像普通人一样庸俗的野心。
35

太奇怪了……我这方面的直觉第一次失灵了。我本以为隆本肯定会接受新的合同呢。真遗憾啊，他很有演电影的天赋。
迪特尔，你看……你成为好莱坞巨星的机会从那儿飞过去了。
奥尔纳克！！！你这条河里的大鲨鱼！！可恶的造梦贩子！！
呸……现在说都来不及了。
36

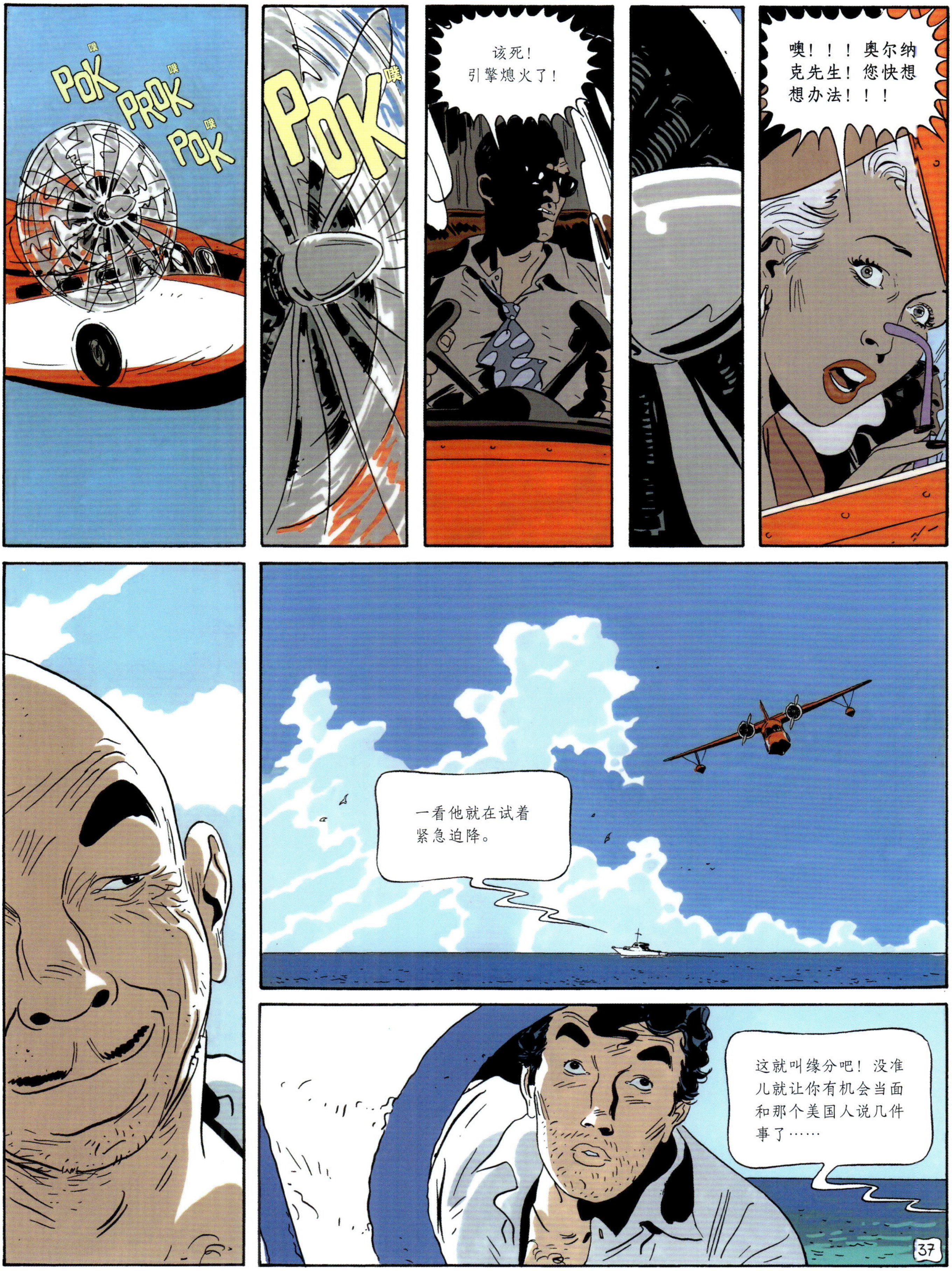
POK 噗 PROK 噗 POK 噗
POK 噗
该死！引擎熄火了！
噢！！！奥尔纳克先生！您快想想办法！！！
一看他就在试着紧急迫降。
这就叫缘分吧！没准儿就让你有机会当面和那个美国人说几件事了……
37

简直不可思议！我从来没遇到这样的事儿！就好像突然瘫痪了一样！这个该死的破机器！
奥尔纳克先生！我觉得有艘船朝咱们靠过来了！来救我们的！
正当“海龟号”逐渐靠近飞机的时候，最近几周发生的所有事情在我脑子里一件一件地闪现出来：出海钓剑鱼；我短暂的演员生涯；我在加勒比的平静生活和疯狂的好莱坞影视圈之间的挣扎……
38

我又一次想到了奥尔纳克的提议，而后我明白了：令我感到痛苦的是我没能成为一个坚定得足以抵御名望和金钱诱惑而不惧怕后悔的人，或者一个勇于接受一切、不需要愚蠢借口的人。
“中国脸”，我觉得我对奥尔纳克其实没什么要说的。
不……你不想跟那个美国人说点什么吗？
我觉得没必要了，我已经决定了，说什么也是多余的了。
PROK 扑楞
奥尔纳克先生！引擎转起来了！转起来了！
谢天谢地！真不可思议！
扑楞 PROK 扑楞 PROK 扑楞 PROK 扑楞 PROK 扑楞 PROK 扑楞 PROK
39

这事故简直让我精神崩溃了……我是不是在做梦？我觉得刚才看到迪特尔·隆本在那条船上。
你可别反驳我，迪特尔，那个美国人挑秘书可比他挑演员有眼光多了。
TORTUGA
是的，那是一个漫长的夜晚，也是发人深省的夜晚，但也令我筋疲力尽，连钓鱼和台球都吸引不了我了，我只想一直躺着做我的加勒比大梦。“好莱坞肯定没法睡午觉”，我一边想着，一边把自己扔进吊床里。我笑着，渐渐陷入空旷无垠的梦境之中。
40

明天见了，阿尔瑙老师！
阿尔瑙老师再见！
再见，再见，明天见。
这些熊孩子永远都教不好，简直是一群小恶魔！
安东尼奥爷爷，大公鸡怎么了？
这只大公鸡不是最好斗的。他又碰上了只更厉害的。
这只呢？更厉害么？它吃不吃甜食？
41

下午好，阿尔瑙老师。
还是一杯那个？
还是一杯那个，
科西尼奥。谢谢。
你笑了，伊格莱西亚斯，你就是嫉妒了。不过我有耐心，总有一天我能搞到探险的钱，所以……
你看！“海龟号”回来了！咱们过去问问隆本先生今天钓到剑鱼了没有！
他肯定又和往常说的一样，从来没钓到过。
哇啊！
42

我觉得我不用问他了。
我也是。
怎么了？你们今天下午怎么这么安静？舌头坏了么？
没事啊，隆本先生。这鱼可真漂亮，个头又大，真是条大鱼。我从来没见过这么大的鱼。
当然了，没什么事。隆本先生，您今天运气可真好。今天算是大丰收了，对不对？
一点都不好。那鱼是“中国脸”钓上来的……我……什么也没钓上来。
我说什么来着？隆本先生一向都没什么钓鱼运。
可是……你为什么要骗那两个小子？
我不想让他们俩失望。
去卡拉马里酒吧喝两杯怎么样？你还有勇气再输我一盘台球么？
43

好莱坞的人走了，小城又恢复了往日的生活节奏。我对我在加勒比的安逸生活非常满意。
我出海钓鱼、和朋友们玩，还有爱情、美景，清新的空气、无尽的长夜……不止这些，我的生活还有很多很多……而且……我不用签任何合同了！
44

METRO-GOLDWYN-MAYER-STUDIOS
对不起。打扰了，奥尔纳克先生。胶片洗印室的人来了。
让他进来。
布里斯托，我想您应该能给我解释一下为什么这些该死的胶片都曝光了吧。
是的，奥尔纳克先生。也就是说……不是的……胶片都好好地保存着……
拍摄过程和后来在洗印室里的工序都是正常的。
说真的，奥尔纳克先生……我也没法解释。我干这行很多年了……还是第一次出这样的事……
什么都没了！一个海盗都没洗出来！拍的东西都变成漆黑一片了！
45

哈！哈！哈！哈！
这个“中国脸”，他笑什么呢？
哈！哈！哈！哈！哈！哈！哈！
“中国脸”是这样的……他能做到别人做不到的事……你永远也猜不到他走神的时候在想什么……有时候他还莫名其妙地像疯了一样大笑。
46

卡戎的车费

1

2

怕你没听明白，我再跟你说一遍啊，你必须要落在白线上啊。这样才……
……才会有车过来，平稳地停在我面前，邀请我上车。求你了啊……你可是最后一根了，别让我失望……
一点钟……
两点钟……
BBBBRRAAUUM
轰隆隆
3

该死！就差下
大雨了……
不管这破地方的天气听
谁的指挥……我都要诅
咒他！
?!
4

哎！！！
停车！快停车！
坐这种又大又破的车可一点儿都不好玩，但是……现在这种情况下……
等一下！您别走！哎……！
请问……您能带我一程么？可以让我上车么？……我去东边……
下……下午好。能让我上车么？……我去东边……
你有钱付车费么？
5

钱……？那个……其实……我……
不给钱就别想坐车了。
对不起啊，小伙子。不过……这是规矩。在这条公路上……不管是谁坐车都必须付钱。没有例外的。
既然你有胆量一个人闯世界……你就应该有所准备。再见了！
这个狗娘养的！怎么会有这么愚蠢的小人！这个国家完蛋了！
?!
我就知道不会有那么浑蛋的人……不管怎么说……这个国家……
6

我又考虑了一下，你虽然没钱，但没准儿有别的方法付车费呢。
这条路我走了成千上万次，路上的景色我早就看厌了，而且……后面那位乘客……他太沉默了，哈、哈、哈……！
你觉得你能聊上……比方说，一两千公里么？哈、哈、哈……！
聊？聊什么？
来吧！上车！快想想你能给我讲点什么……咱们出发！我可不想你在外面被淋个透湿！哈、哈、哈……！
7

感谢您……能停车。这狂风暴雨的……我名叫迪特尔·隆本，想往东边走。
我是约翰·史密斯，不过为了读起来方便……我的朋友们都叫我卡戎。哈、哈、哈……
卡戎？
没错……卡戎……因为我总是开车载着“死人”到处跑。哈、哈、哈……不好笑？你看这个就是我的狗，地狱守卫犬。哈、哈、哈……
来吧，小伙子，别不说话，你得付车费。来给我讲个故事吧！
我……其实……其实不太会讲故事……我不知道……
可是……真倒霉……你总能讲点什么吧！所有人都能讲几个故事吧！那你就讲讲你是从哪儿来的！要到哪儿去！再说说你是怎么到这儿来的！
好吧，当然……没准儿我能讲讲……比如说……我去过中国的事。
这就对了！你说去过中国！你讲我听着！
8

故事要从威尼斯讲起……
就像马可·波罗一样！这故事很新奇！
的确……我倒是没想过这个。
“玛拉虽然不是第一个抛弃我的女人，但是……在威尼斯我还没经历过这种事。我可以肯定地说，这是一次……不同以往的经历。在这座城市里……”
玛拉……等一下……咱们能……
9

没准儿我弄混了，小伙子，不过我感觉我好像看过剧情差不多的电影。不管怎么说吧……你接着说，讲你的故事。
“天很冷，下着雨。我就像游魂一样独自沮丧地在这座城市中飘来荡去，努力地想要忘记过去。城里的大街小巷、行人，还有我自己……一切都显得那么不真实，我仿佛置身于一场噩梦之中。”
玛拉……
玛拉……
10

玛拉……
哎呀……！
噢！
SPLASH！
哗啦！
救命啊！
我要淹死了！
救命啊！
快抓住
这根棍子！
快抓住！
11

“刺骨的河水。寒冷的天气、落水的恐惧，特别是茉兰的出现，使我忘记了玛拉，忘记了痛苦，忘记了悲伤。”
茉兰……美丽动人的野兰花……
说实话，小伙子……你要是不再解释解释，我就听不懂了。你接着讲。
他呛了几口水，不过应该是因为醉得太厉害了。
必须把他的湿衣服脱掉，要不他会得肺炎的！
“美丽迷人的茉兰……我还没有看到她的面容，就先听到了她的声音。她在为我的健康、为我的生命担心……我的爱情翻开了全新的一章。”
12

PIZZERIA LA GONDOLA
他运气可真好。要是小船离他稍微再远一点儿……他简直太走运了！
衣服上会留下披萨苴的味儿，不过起码它能烤干……还热乎乎的。
我应该换个招牌了，写上："贡多拉比萨店兼干洗店"。哈哈哈……
哈、哈、哈……"贡多拉比萨店兼干洗店"……非常好……哈、哈、哈……接着说，小伙子，接着说……
过了一个小时，我们从比萨店里出来了。接下来的几个月里，我们两个一直在一起。
13

"发生这件事以前，我从不相信一见钟情。'缘分'乔装打扮成突发事故的样子，把茉兰和我拉到同一条轨道上。威尼斯也仿佛突然变成了另一番模样。"
嗯，这件不错，虽然可能……
"我也爱你"用汉语怎么说？
甜蜜的爱情，浪漫得发腻，不过你还没给我讲过这个茉兰的来历。她是谁？在威尼斯干什么？
14

是啊。我讲故事没什么条理，最好还是从头讲起。
你可要认真讲故事，小伙子。别忘了你这是在用故事抵车钱。现在虽然已经不下雨了……
好，当然……我当然没忘……呃……那个……茉兰，也就是……野兰花……呃……她出生在北京。
“在那时，也就是三十年代末，她家是做贸易生意的，也是当时中国最富有的家庭之一。不但在首都，在上海、天津和别的一些城市都有生意。”
“茉兰的父亲年轻时为了做生意曾游历欧洲，成了西方文化的狂热爱好者。等到有条件的时候，他把自己的女儿们也培养成了西方文化的迷恋者，尤其是西方艺术。”
那这幅呢？多少钱？
幸运的是，和当时大部分中国女孩大不相同的是，茉兰和她的双胞胎妹妹莉受到了良好的教育。
你们记好了，一千年前苏东坡曾说过：“论画以形似，见与儿童邻。”
15

*韦弗三姐妹汽车旅馆 餐馆

下来，下来。别害羞。你去点一点儿吃的东西，我去一下洗手间。
ROLL
BUTTER
95¢
OPEN 24 HOURS
唔……！还挺帅的！进来，亲爱的……进来……
这是什么地方！这种地方竟然有人住！
DINER
MOT
?!
棺材上的名字缩写也太巧合了！这是什么凶兆么？
CAFE
17

晚……
晚上好……
TUMP!
嗵！
BUTTER
AMS
BUTTER
TO GO
请进啊，远道而来的客人，欢迎光临“姐妹酒吧”，你肯定又渴又饿吧。请叫我莉莉丝吧，我的朋友们都这么称呼我。
我……那个……我想来一块点心和……和一杯咖啡。
TUMP!
嗵！
啊！
18

这……
这就是……
三姐妹啊！
帅小伙儿，给你。你一定赶了几万英里的路吧。从哪儿来的？
19

嗯。我……我能……要一支烟么？我……好几个小时没抽烟了……
TUMP!
……下了一场大暴雨。幸亏卡戎……我是说……史密斯先生……他停下车让我……
太可惜了，你还得继续赶路。要是你愿意的话，迪特尔，这里……
3 SISTERS
DINER
MOTEL
20

哦……你真的不相信一见钟情么？
TUMP!
嗵！
噢……莉莉丝你看，这猫太淘气了！
他妈的！！！
21

咔!
CLINC!
咔!
咔!
CLINC!
一共三美元，现在就付钱。对待外地人都是这样的。
哎……！你说什么?!
CAFE
22

你没听错：点心和咖啡，一共三美元。你觉得贵么？
不是……我不是嫌贵，不过……我……那个开车的司机……你知道的……卡戎……史密斯先生……
……他去洗手间了。他请我吃东西，马上……他马上就来付钱。我……其实……怎么跟你说呢……
你别编瞎话了，外来的！快交出三美元，然后滚蛋！别想糊弄莉莉丝，要不然我……
我没有编瞎话……我敢发誓，卡戎的汽车就在那儿……他上完洗手间就……就会过来付钱的。
你再编一个故事，亲爱的，快点编。都这个点儿了我可没什么耐心……外面一辆汽车都没有！
DINER
不过……不可能！他把我带到这儿来的！
他说……
卡戎！！！
史密斯先生！！！
史密斯先生！！！
23

HA HA HA HA
哈哈哈
哈哈
HA HA HA HA HA
哈
HA HA
哈哈
卡戎！！！这个婊子养的！他怎么能就这么把我扔在这儿！
SISTE
DINER
MOTEL
上车，小伙子！来不及了！你上不上车?!
!?
哈…哈…哈……你怕我把你扔在那儿，对不对？你想都别想！我可不想一直被你吊着胃口。我还想知道你冒冒失失地去了中国以后发生了什么呢。哈…哈…哈……来吧，接着讲，接着讲。
砰！砰！
24

我真的不喜欢连滚带爬地逃走……也不愿意赊账，而且……
哈…哈…哈……你放心吧，小伙子。没人吃东西不付钱，哈…哈……
早晚……你肯定会再遇到韦弗三姐妹的，到那时候，哈…哈…哈……她们就会跟你收饭钱了。
那她们要走很远才能找到我了……我可不想再回那个挂满霓虹灯的贼窝了。三美元就那么一小块点心，又不是里茨饭店！
你就别想着你欠她们的饭钱了，接着给我付车钱。如果我没记错的话……你说你和那个中国女孩在一起过得很愉快。
对……当然了……茉兰。我们先是一起在威尼斯生活……后来……又去了意大利的很多地方。
“茉兰这些年在欧洲的生活是很有收获的。那次旅行对我来说就像是强化课程和速成学习班一样。茉兰在旅途中看似随意，却是个出色的导游。”
SORRENTO
25

那段时间实在太美妙了，可能是因为我们也不用担心工作的问题。我不知道我有没告诉过你，我那时候非常非常有钱……
非常有钱？！你么？！哎哟，小伙子，你别逗我了！
我说的是真的！我发誓！您还记得我提过的那个叫玛拉的姑娘吧？在威尼斯把我甩了的那个。
那个……您看，我曾经在……
“……纽约，这个城市对孤零零又身无分文的人十分不友好，尤其是在冬天。卡戎先生，您要是想听，我可以给您讲讲我是在什么情况下到纽约的。我……”
不用了，小伙子，你就讲讲你怎么弄到钱的吧。而且说了这么多你还没说到中国呢。
好吧。我在纽约饥寒交迫，冻得半死，境况实在是凄凉……
“那时候我唯一可干的事就是在城里来来回回地转悠，我一直觉得这么走来走去更容易偶遇工作机会……而且……这给我一种我是在挑衅命运的幻觉。”
NO LEFT TURN
26

“这样四处走动是很有意义的，能让人了解他走过的地方。缺点就是很费体力，走着走着就饿了。不过世事无完美。
ONLY 5¢
10¢
“是的，卡戎先生：人无完人，金无足赤。人生就是处处有遗憾。”
先生……
哎……！
先生，您装作若无其事的样子。我都看见了。一会儿我会挽住您的手，像两个老朋友一样走出去。
?!
哈！她是女警察！哈…哈…哈！你刚才说了，小伙子：人无完人！哈…哈…哈……！
不是，不是……跟警察没关系。您听我接着讲。
27

先生，您刚才做的事情可是非常不体面的！而且随时都可能被人发现！被我看到了是您运气好，幸好不是被保安发现。
SUPER MARKET
您想要一份工作？
那个……我……我不想用那么一本正经的说法。或者说我想要的是……钱。
就这样，我认识了玛拉，一个让人着迷的女人。很快我就明白了，她在商店里帮助我并非担心我因为小小的贪欲而向魔鬼出卖灵魂。”
你要明白一件事，迪特尔：这工作需要两个人。我帮了你的忙，你也得帮我：你吃上饱饭，我继续攒钱去巴黎。
“不知道是我命中注定还是我天生就容易招惹这样的女人：我遇到的所有女人都想着去另一个地方或者想着开始新的生活，而且最少也是五千公里以外的地方。”
咱们玩一票大的。你看着吧！
我相信，这事肯定很难忘。你能赚到大钱，离巴黎又更近了这么三厘米呢。
我必须承认那时候我的处境已经不那么令人绝望了。只是挺让人尴尬的。我甚至都感觉当时还不如被商店的保安抓住呢。
哈…哈…哈！圣诞老人！真想看你当时的样子。瞧你用的什么办法变成百万富翁的啊！哈…哈…哈…！
28

“凭良心说……那套圣诞老人的戏装可比我的破烂夹克暖和多了。开始干活的第一个小时里，我每发三块糖就自己吃掉其中一块。鉴于当时的状况，每三块吃一块我觉得不过分。
DING DONG
圣诞快乐！圣诞快乐！
DING DONG
叮铃叮铃
叮铃 叮铃
DING
叮铃叮
DONG
DING
就在那儿！你们快去抓住他！
他发现我们了！快追！
快跑，迪特尔！扔了糖快点跑！
29

BANG!
砰!
啊!
“先逃跑再问为什么。这是我很久以前就学会的事情。至于味道，那些糖也没多好吃，不过糖的热量让我的双腿迈得飞快，当然也有可能是因为害怕吧。”
“我们冲进了一座地铁站，跳上第一趟车就逃走了。我无数次地让玛拉给我讲讲来龙去脉。那时我开始觉得慈善发糖的主要目的并不是为了让人们感受到生活的甜蜜。”
“我就这么毫无防备地被卷进了一场混乱复杂的争斗。玛拉从糖袋里掏出一个信封，又从信封里拿出一把钥匙，还说我们要去中心车站取一个箱子什么什么的。”
想都别想，别跟我说这些。我看到了那几个家伙的脸……也听到他们开了好几枪，我受够了。
据我所知……只有一声枪响。而且……
……他们会付给咱们一千美金，五百给你，五百给我。
所以尽管你很害怕，还是输给了贪念。
其实……一开始我也以为我是被金钱诱惑了。后来我才意识到我做这些事……是因为我爱上她了。
30

DOWN STA
INCOMI
TRAIN
LON ISL
TICKET OFFIC
TAXICAR
在这儿呢。看见了吧？多容易。接下来就剩下把箱子交给他们然后等着拿钱了。
31

*原文为Providence，有“天命、命运”的意思。

在那儿呢！
你……你确定是那个？
当然了。雇我的那个女人说过“普罗维登斯号”，而这个完完全全就是“普罗维登斯号”。
SMITH
又来一个女人……那个女人你也爱上了？
请您相信我，我没爱上那个女人。
真奇怪……她说她会等咱们的。
33

咚！
TUMP!
玛拉……
看那边……
是……是她
……那咱们
现在怎么办？
很简单：你们一路狂奔逃出那
条船，再找个隐蔽的地方打开
箱子，然后……立刻坐拥百万
美金。
伪钞。
34

玛拉终于实现了她长久以来的梦想：去巴黎。我也得以从噩梦中解脱出来，没有因为倒卖伪钞而进监狱。在欧洲我无须提心吊胆。我们两个像真正的富豪一样生活，后来……我想您已经知道了我和玛拉的故事是怎样结束的。
我当然知道。而且……对了……那是不是因为你胡编了什么故事骗她她才把你抛弃在威尼斯的？
您说这话是在威胁我么？
要是我我就这么想。你接着讲，接着讲那个中国小姑娘的事。
茉兰……我们在意大利生活得多么愉快啊！她收到电报的时候特别开心！
迪特尔！迪特尔！
我拿到许可了！咱们可以去中国了！
我们等了很久很久，不过最终还是拿到了签证，还有批准我们去中国的文件。茉兰迫不及待地想要回家，而我觉得陪她回去也不错。
坐火车去中国的旅途当然是长路漫漫仿佛没有尽头，但我却没有感到一丝无聊。有茉兰在身边，我怎么会感到无聊呢？车窗外的景色不停地变换着。但在我看来，茉兰比窗外的景色更美丽、更活泼，也更多变。
35

有没有人说过
你做作得令人
腻味？
МСК
4030
*МОСКВА-ВЛ
很久很久很久以前，在中国
有一位贤明的皇帝，他的
女儿是全国最美丽的女孩。
有一百五十个男人想娶她，
但是……
36

*莫斯科——符拉迪沃斯托克。

……和她结婚的条件是：只有给她献上蓝玫瑰的人才可以娶她。这样一来竞争者就只剩下三个人：一个是富有的商人，另一个是勇敢的将军，还有一个是司法的高官。
有一位公主說一位拿來一朵藍玫瑰。我愛他
商人来到城里最好的商店，想要买一朵蓝玫瑰。店主却肯定地回答说，从来没人听说过蓝玫瑰。但这位商人打算付给他很多钱，所以他还是答应下来，随即开始“寻找”蓝玫瑰了。
店主听了妻子出的主意，把一朵白玫瑰放进了蓝色的染料里。三天之后，商人来取走了玫瑰，他付了钱，然后就去了皇宫。到那儿以后他马上就把蓝玫瑰献给了公主。
“这是一朵白玫瑰，它被剧毒的染料染成了蓝色，如果蝴蝶接近它，立刻就会被毒气熏死。”公主如是说。于是商人被赶出了皇宫。
Rubén Zentner 91
勇敢的将军召集了他军队里最优秀的勇士们，向着五河国进发，那里的国王比谁拥有的宝贝都多，将军向他讨要一朵蓝玫瑰。由于害怕那些全副武装的勇士……
……国王只好吩咐他的仆人把蓝玫瑰拿出来。不一会儿仆人拿着一个丝绸的盒子回来了，里面放着一颗雕刻成玫瑰形状的蓝宝石。将军拿走了宝石，出发去了皇宫。
37

当公主看到将军拿来的玫瑰时，她说：“这不是玫瑰，而是一颗蓝宝石。我有数不尽的宝石，不需要这个。”这位在战场上战无不胜的将军只好灰溜溜地离开了皇宫。
高官也想来试试运气。他找来了全中国最有名气的工匠，命令他用最精细的原料制作一个瓷瓶。“你要在瓶子上画一朵蓝玫瑰。”高官命令道。
工匠不眠不休地工作了三个月，终于做出一个精美绝伦的瓷瓶。如此完美的瓷瓶，即使是对瓷器颇有研究的高官也没见过。他把瓷瓶抱在怀里，朝着皇宫走去。
“这是我一生中见过的最美的瓷花瓶了，除了蓝玫瑰，没有一朵花配得上它。”公主说道。然而高官的所有收获仅仅是公主对这个瓷瓶的夸赞。
不久之后，一位年轻的游吟诗人来到了公主的国家。这位年轻人弹着琴边走边唱，正当他经过皇宫的时候，他在宫墙的高处看到了……
……一位美丽的女孩正向他暗送秋波。这位女孩自然就是公主。公主听到他的歌声爱上了他。于是年轻的游吟诗人找到入口潜进了花园。
38

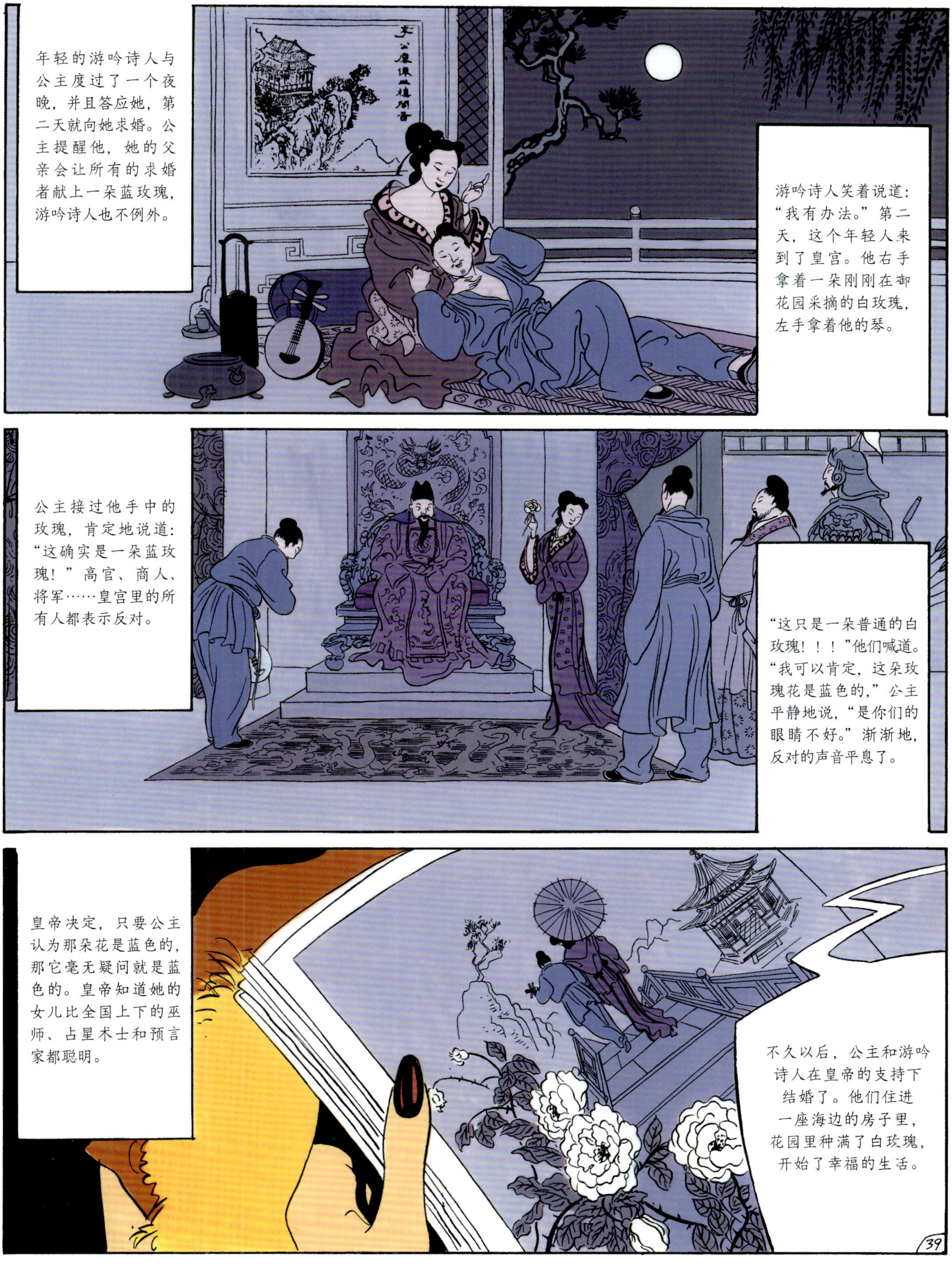
年轻的游吟诗人与公主度过了一个夜晚，并且答应她，第二天就向她求婚。公主提醒他，她的父亲会让所有的求婚者献上一朵蓝玫瑰，游吟诗人也不例外。
游吟诗人笑着说道："我有办法。"第二天，这个年轻人来到了皇宫。他右手拿着一朵刚刚在御花园采摘的白玫瑰，左手拿着他的琴。
公主接过他手中的玫瑰，肯定地说道："这确实是一朵蓝玫瑰！"高官、商人、将军……皇宫里的所有人都表示反对。
"这只是一朵普通的白玫瑰！！！"他们喊道。"我可以肯定，这朵玫瑰花是蓝色的，"公主平静地说，"是你们的眼睛不好。"渐渐地，反对的声音平息了。
皇帝决定，只要公主认为那朵花是蓝色的，那它毫无疑问就是蓝色的。皇帝知道她的女儿比全国上下的巫师、占星术士和预言家都聪明。
不久以后，公主和游吟诗人在皇帝的支持下结婚了。他们住进一座海边的房子里，花园里种满了白玫瑰，开始了幸福的生活。
39

你喜欢这个故事么？
MCK 4030
非常喜欢。你能给我看看插图么？
好吧……我承认这个是真正的中国传说。你……你终于让我相信那个茉兰不是编出来的了。
当然不是编的！我讲的都是真的！玛拉是真的，茉兰也是，莉也是……
莉？莉是谁？
茉兰的双胞胎妹妹啊！我和您说过的！茉兰去欧洲的时候，她的妹妹莉留在中国了。
莉是中国最著名的芭蕾舞明星。她确实是……不对，我还没有说到莉的事。我要一点一点地回忆起当时的情形，回忆起那些令人愉悦的痛苦。

茉兰已经很久很久没有去过北京了。我……好吧，我从来没去过北京。这么说吧，在回上海之前，我们在北京就是两个游客。
后来……我们坐了两天的火车，来到了上海。
41

是不是应该先通知一下你的家人。
不用不用……那样会让他们非常紧张的。最好还是给他们一个惊喜。
这里变化太大了！现在已经看不到西方人了！
42

咱们到了！
茉兰！！！
卡戎先生，我不知道您喜不喜欢那些令人深受感触的故事。不管怎么说，可以肯定的是，康先生、茉兰和仆人们……所有人都非常激动。而我……我可以大方地承认，也不怕别人说我做作，我当时拼命控制自己才没和他们一起痛哭。
43

*原文：常枞有疾，老子往问焉，曰：“先生……”

**原文：“……无遗教可以语诸弟子者乎？”。张其口而示老子曰：“吾舌存乎？”。老子曰：“然。”

***原文：常枞曰：“吾齿存乎？”老子曰：“亡。”常枞曰：“子知之乎？”

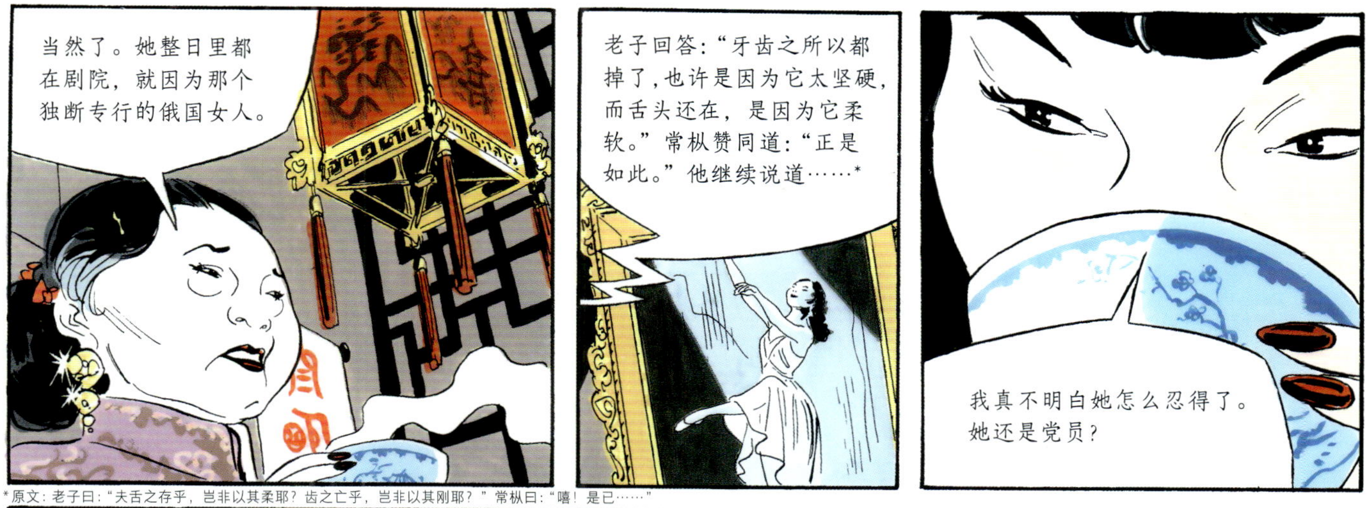

*原文：老子曰："夫舌之存乎，岂非以其柔耶？齿之亡乎，岂非以其刚耶？"常枞曰："嘻！是已……"

**原文："天下之事已尽矣。"

自行车
到了，就是那儿。
这些自行车都一模一样！一会儿怎么找得到咱们的车？
莉！
46

47

茉兰！
莉！我的好妹妹！
等一下……怎么回事！？莉同志！莉同志！咱们还在排练！
别理她，姐姐。尼卡洛娃同志就是我在信里给你讲过的俄国老妖婆。
那边站着的就是迪特尔，我在信里和你提到过的。
48

¡TOC!
噢……我的脑袋！发生什么了？您为什么突然刹车？
因为我听厌了！因为我知道你又要跟我说你本不相信一见钟情，然而……
你也爱上了莉！你爱上了你女朋友的双胞胎妹妹！
可是……我有什么错吗？我……我只是在给您讲我在中国时发生的一切。而且……
而且什么！
而且……我……我对这份感情很负责任的，几乎百分之百负责。
49

茉兰立刻就明白了，她也很支持。我还是像从前一样爱她，只不过……同时也爱她妹妹。我们三个人在一起生活得非常幸福。
不过很可惜，好景不长。莉虽然很想每天都和我们在一起……
又迟到了！忍无可忍了！我必须要和剧团的委员同志谈谈！
……我们沉迷于这热烈的爱情无法自拔，以至于没能察觉到它的末日已步步逼近。我们的爱情遇到了天敌，我很快就知道这个天敌是谁了，她穿着裙子，人称“尼卡洛娃同志”。
50

一天下午，茉兰留在家里修复她父亲的一件收藏品，我骑上自行车去莉排练的剧院。
莉！
你在么?！
莉！
太奇怪了
……
51

到底发生什么事了？我不明白……
迪特尔·隆本先生，麻烦您和我们走一趟。
请您不要抵抗，迪特尔·隆本先生。
可是……怎么回事?!为什么……?!
别担心您的自行车，迪特尔·隆本先生。
您的自行车会被妥善保管的，迪特尔·隆本先生。
52

请吧……
请上车吧……
……
迪特尔·隆本先生……
我由衷地感到惋惜，您不能和您的两位……两位朋友告别了，隆本先生，但我们认为这是……
……结束现状的最好方法了。我们的伟大舵手曾经说过……
您在暗示我什么？！到底怎么回事！？希望您能解……
别要求什么解释了，年轻人。您可没资格提要求。您对中国人民做的坏事够多了。
我一点儿都不明白！我从来没做过什么坏事！我爱中国人，而且……
这我们知道，您尤其爱中国人民中的两个人。时间充裕的话，我很想和您讨论一下您的资产阶级爱情，隆本先生。
自行车
53

我想我们到目的地了。不过，隆本先生您还有几天的行程要走。祝您一路平安吧，这是我唯一能做的了。
我想说的是……
您的中国之旅结束了，之后我和莉同志的工作也能恢复正常了。
后来你再也没能见到她们？
那艘船当晚就出发了。我被关进了一个狭小……
……又肮脏的船舱。厨子时不时会过来，给我放下一碗白米饭，我用这些米饭养了好几只蟑螂。我既感受不到饥饿也感受不到口渴，也不觉得冷。我失去了茉兰，失去了莉……一切对我来说都无所谓了。后来他们把我留在了香港。
小伙子，你的中国之旅结束得可不怎么愉快啊。快编点儿快乐的故事，那样才能继续咱们的旅途。现在……
54

*照片上的字：艾丽斯，快餐，咖啡，海鲜

下午好，小伙子们。
你们想喝点儿什么？
我要三人份的意大利饺子，一份蔬菜沙拉，两个汉堡。你来点儿什么，小伙子？
我……不过……
这不可能吧！
56

茉兰!!!
!?
SANDWICHES
170 CHEESE 95
185 GRILLED 100
70 BACON
85 WESTERN
LIVER WURST
55 PORK SAUSAG
莉!!!
莉！
竟然是你！
太不可思议了！
亲爱的……是我，迪特尔！
你不认识我了么？！我是
迪特尔啊！
噢！他疯了！
茉兰！
我亲爱的！
救命啊！这人
是个疯子！
莉！
你别跑啊！
我是迪特尔！
57

救命啊！救命啊！
茉兰！莉！
快抓住他！
马丁，别让他跑了!!!
DINER
SEA FOOD
AIR CONDITIONED
啊！
咚!
TUMP!
咣当!
CRASH!
CLINC!
哗啦!
可恶！你这婊子养的！
咣当!
啊！
58

他……他突然就……就像疯了似的……
冷静，贝齐，别怕……小伙子们会对付他的。
都闪开，你们这些浑蛋！那是我的姑娘！
这事儿我可想不到。这段路途真是充满了惊喜。总之……没别的办法了。事虽如此……我还是觉得这小伙子不错。
哗啦！
CRASH!
59

我替那个年轻人……向您表示歉意，小姐。他可能是把您和……他深爱过的两个女孩弄混了。
?!
走吧……马丁……比起你撞上大桥那次，这根本算不了什么。
一会儿你就好了，你看着吧。
OPEN
FRANKS & BEANS
FRIED CLAMS
FISH CHIPS
SPAGHETTI & MEATBALLS
浇上一大桶冷水一定效果非常好。
马上就办，先生。
真不得了啊，你的中国故事！
60

您说倒多少水合适，先生？
接着倒接着倒，就这么点水对他没什么害处。
您说他是不是死了？
希望他没死。他摔得挺重的，不过……
有人叫救护车了么？
不像是喝多了……
这就是命啊，夫人。一不小心滑倒了，就……
我们也帮不上忙。
61

*白色招牌上的字：登船通道 队列1

……并不是我多管闲事，不过那个人摔倒了就是因为他一直左顾右盼不老实，把自己弄晕了。
哈！才不是呢。我亲眼看见的，夫人。
但是……也可能是因为晕船，不是么？很多人都会这样。
宪兵队！
请让开请让开！
63

真丢人！都过去二十分钟了才来！
不管怎么说……他们好歹比救护车来得早！
到底发生什么事了？
这事故愚蠢得您都想象不到。
POT POT POT POT POT
嗒嗒 嗒……
SSWWIISSO
咚！
TUMP!
哗啦！
SPLASH!
有人落水了！
他要沉下去了！快救他！
64

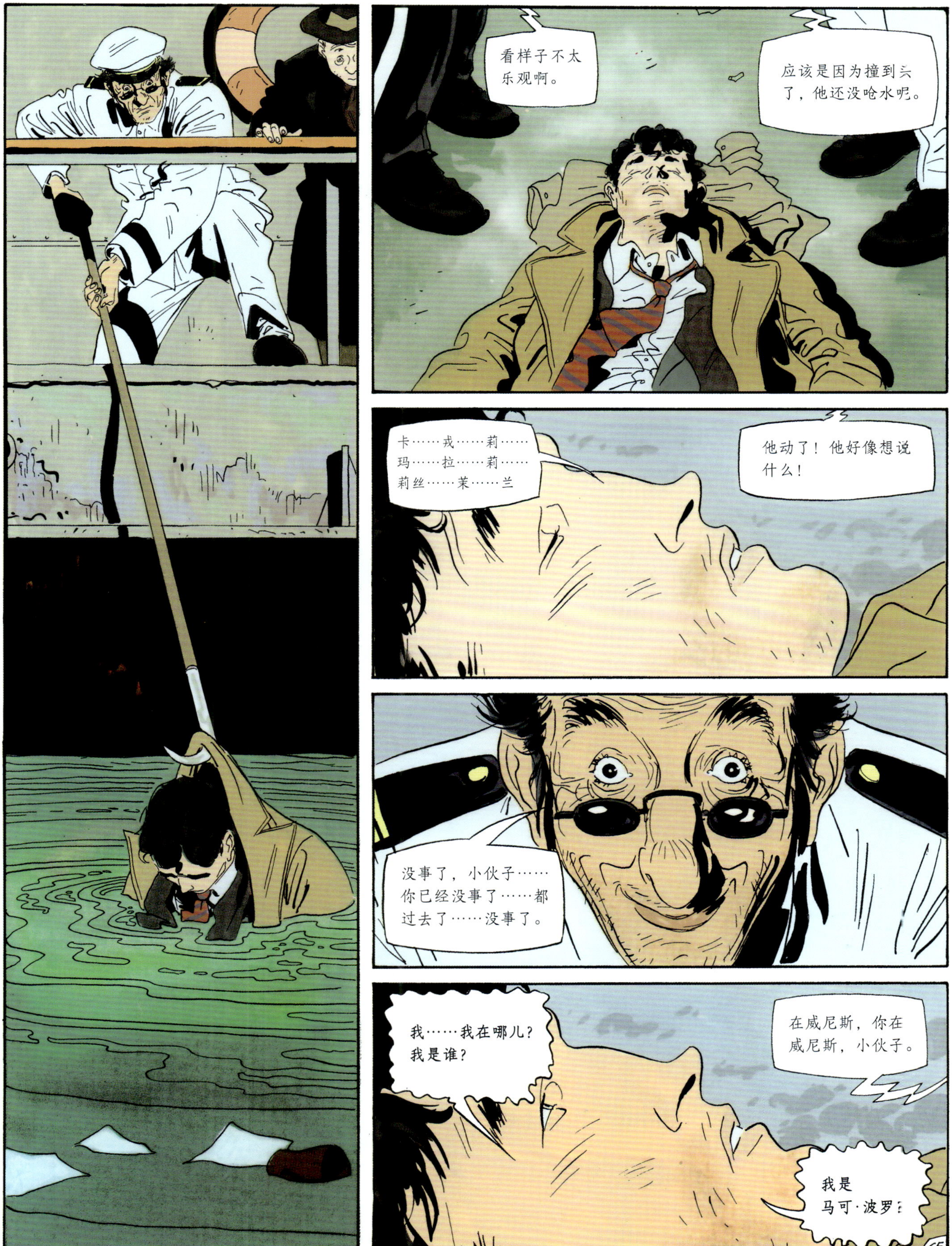
看样子不太乐观啊。
应该是因为撞到头了，他还没呛水呢。
卡……戎……莉……玛……拉……莉……莉丝……茉……兰
他动了！他好像想说什么！
没事了，小伙子……你已经没事了……都过去了……没事了。
我……我在哪儿？我是谁？
在威尼斯，你在威尼斯，小伙子。
我是马可·波罗？
65

哈哈哈哈哈哈哈哈哈哈哈哈哈哈哈
他以为他是马可·波罗！
看来他脑袋撞得不轻。
他会不会永远失忆？
我好像……好像想起来了……我在威尼斯……我叫……迪特尔·隆本。
玛拉……
莉莉丝……
韦弗三姐妹
66

尼卡洛娃
……小不点儿……
康先生和
康太太……
茉兰！
噢！
他又晕过去了。
咱们赶快送他去
医院吧。
67

真奇怪……他醒过来的时候我好像听到他说了一个中国名字。你也听到了吧，我亲爱的莉？
听到了，真是奇怪。他说：茉兰。

许多有关迪特尔·隆本的不能说的事

（以及一点点能说的事）

我记得那是在2010年，阿斯提贝利出版社的一位编辑把我叫到办公室，拜托我采访迪特尔·隆本，他告诉我，他完全明白他交给我的任务并不是可以轻易完成的。

他甚至都怀疑这是个不可能的任务。“所以，实际上，”他一边说，一边紧张地用右手玩着鼠标，桌上有一个巨大的盒子，里面装满了爆米花，而他的左手来来回回地从那个盒子里抓起爆米花塞进嘴里，一刻也不停歇，“我们甚至都不知道迪特尔·隆本是否还活着，甚至都不确定有没有过这样一个人。”

我被自己作为青年记者过度的自豪触动，就毫不犹豫地接受了任务，至于报酬是多少，我连问都没有问，那一刻我也丝毫不认为我所面对的挑战足以令我头疼一千次。

我只想说，我经历了数不胜数的困难、麻烦、挫折以及各种突发事件，从我与那位编辑谈话的那天算起，经过两年多的艰苦调查，我才得以联系上这位老冒险家，还是间接的联系。这之后我接近他的过程也无比漫长，毫无疑问是因为这位受访人极端地隐姓埋名避世谢客。

第一步，对于想发现迪特尔·隆本蛛丝马迹的人来说，当然要和作者们反复交流，也就是鲁本·佩耶赫罗和豪尔赫·曾特纳。显而易见，他们两位永远都是那么慷慨大方，对我的工作十分配合。我之所以用“显而易见”这个词，是因为不论是老画家还是业已退休的老编剧，都第一时间回复了我的电子邮件，不仅如此，尽管两位作者的日程安排非常满，他们还是挤出时间来接待我，亲切地回应了我无限的好奇心。

这些会面虽然为我充实了很多珍贵的资料和细节上的信息，同时也渐渐地给我带来了一种奇妙的感觉。就好像这两个人中的每一位都在以他自己的方式，通过逸闻趣事、回忆、评论、调整和纠正偏差不断把我包裹进谜团当中，巧妙地使我一点一点偏离了我的真实目的：确认迪特尔·隆本是否存在过、是否还活着、如果他在世就找到他并且采访他。

迪特尔·隆本冒险故事中第三个故事的某段叙事画面的开端是什么，这对我来说重要么？

某段冒险故事中配角的原型其实是编剧的一个朋友，他小时候在阿根廷曾经……这对我来说重要么？

在寻找插图中使用的资料时，佩耶赫罗先生使用了在什么地方偶然发现的照片，这对我来说重要么？

如果你想写一篇有关成书过程的文章，毫无疑问这些都是珍贵的资料。但是，对我来说，这些庞杂的信息只会令我沮丧。

我记了许多本笔记，全是关于这类信息的，还包括无数的评论，比如有关八十年代西班牙和欧洲漫画的、在那个年代西班牙漫画家的作品想要进入法国市场所面临的困难、与出版社的关系（当然永远是不信任的关系）、编剧和画家的自我意识之间脆弱的平衡，等等。因此我做了一个英明的决定，我打算另辟蹊径，不再和这两位作者继续浪费时间了。

我必须告诉你们，这之后仅仅过了一年我就达成了目标，为了它付出的代价则是沉默。每接近迪特尔·隆本一步我都要做出一个承诺：要避免提及任何能让人发现这位八十年代英雄踪迹的信息。而今我兑现了这个诺言，我不会告诉别人我是如何找到他的，也不会告诉别人他在哪里。还有许多许多别的事情，我都不会说出去。

那么我能透露些什么呢？

我可以告诉你们，迪特尔·隆本以前存在，现在依然存在。现在，也就是2014年，他仍然活着。如今他已是一位右耳耳聋、拄着拐杖的老人。与人们从鲁本·佩耶赫罗和豪尔赫·曾特纳创作的故事中可推断出的结论相反，在他的一生中，他经历了一个年轻冒险家所经历的波折——这个年轻的冒险家时而天真无邪，时而愤世嫉俗，他永远在异乡漂泊，时刻准备着踏上旅途——不仅如此，用他自己的话说，他经历过的以及正在经历的事情，对一个男人的一生来说，是真正的、艰苦的、大胆的冒险：爱情、家庭、亲子关系、疾病、亲人的离世，以及他自己的死亡。

塞莉亚·玛西亚·卡斯特洪

《卡戎的车费》插图草稿（左上图）

《伊斯坦布尔之刃》其中一页分镜设计图（右上图）

《加勒比》人物角色（下图）——科西尼奥、阿尔瑙老师和奥尔纳克制作人的水彩画像

《伊斯坦布尔之刃》封面设计图（左上图）
《共同的敌人》封面草图（右上图）
《加勒比》法国版封面草图（下图）

图书在版编目（CIP）数据

伊斯坦布尔之刃 /（阿根廷）豪尔赫・曾特纳编；（西）鲁本・佩耶赫罗绘；庞琳译 . -- 长沙：湖南美术出版社，2020.3（2020.6 重印）

ISBN 978-7-5356-9024-1

Ⅰ . ①伊… Ⅱ . ①豪… ②鲁… ③庞… Ⅲ . ①儿童故事 – 图画故事 – 阿根廷 – 现代 Ⅳ . ① I783.85

中国版本图书馆 CIP 数据核字 (2019) 第 292221 号

Dieter Lumpen: Edición integral
by Jorge Zentner/ Rubén Pellejero

First published in 2014 by Astiberri Ediciones.
Published by agreement with Astiberri Edlclones.

本书中文简体版权归属于银杏树下（北京）图书有限责任公司
著作权合同登记号：图字 18-2019-283

伊斯坦布尔之刃

YISITANBUER ZHI REN

出 版 人：黄 啸
编　　者：[阿根廷] 豪尔赫・曾特纳
绘　　者：[西班牙] 鲁本・佩耶赫罗
译　　者：庞 琳
校　　对：后浪漫
选题策划：后浪出版公司
出版统筹：吴兴元
特约编辑：黄子尧
责任编辑：贺澧沙
营销推广：ONEBOOK
装帧制造：墨白空间・张 萌
出版发行：湖南美术出版社
（长沙市东二环一段 622 号）
后浪出版公司
印　　刷：北京盛通印刷股份有限公司
（亦庄经济技术开发区科创五街经海三路 18 号）
开　　本：889 × 1194 1/16
字　　数：40 千字
印　　张：17
版　　次：2020 年 3 月第 1 版
印　　次：2020 年 6 月第 2 次印刷
书　　号：ISBN 978-7-5356-9024-1
定　　价：128.00 元

读者服务：reader@hinabook.com 188-1142-1266　投稿服务：onebook@hinabook.com 133-6631-2326
直销服务：buy@hinabook.com 133-6657-3072　网上订购：hinabook.tmall.com（后浪天猫店）

后浪出版咨询(北京)有限责任公司 常年法律顾问：北京大成律师事务所 周天晖 copyright@hinabook.com

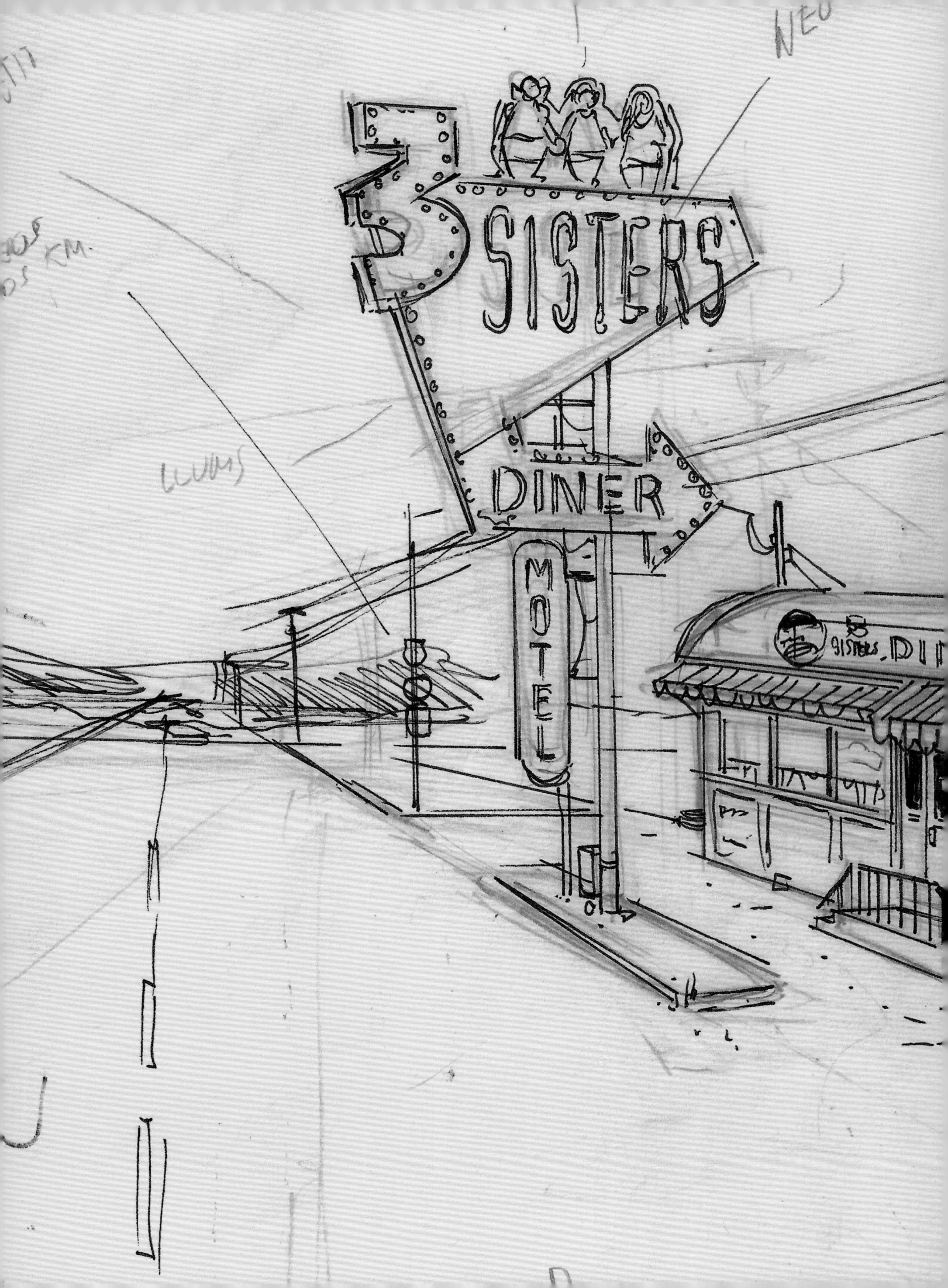
3 SISTERS
DINER
MOTEL

Coca-Cola
CAFE
BOOTH
SERVICE